SHŌNEN CHAMPION VOVELS
週刊少年チャンピオン掲載

小説 Darwin's Game ダーウィンズゲーム ～フラッグゲーム～

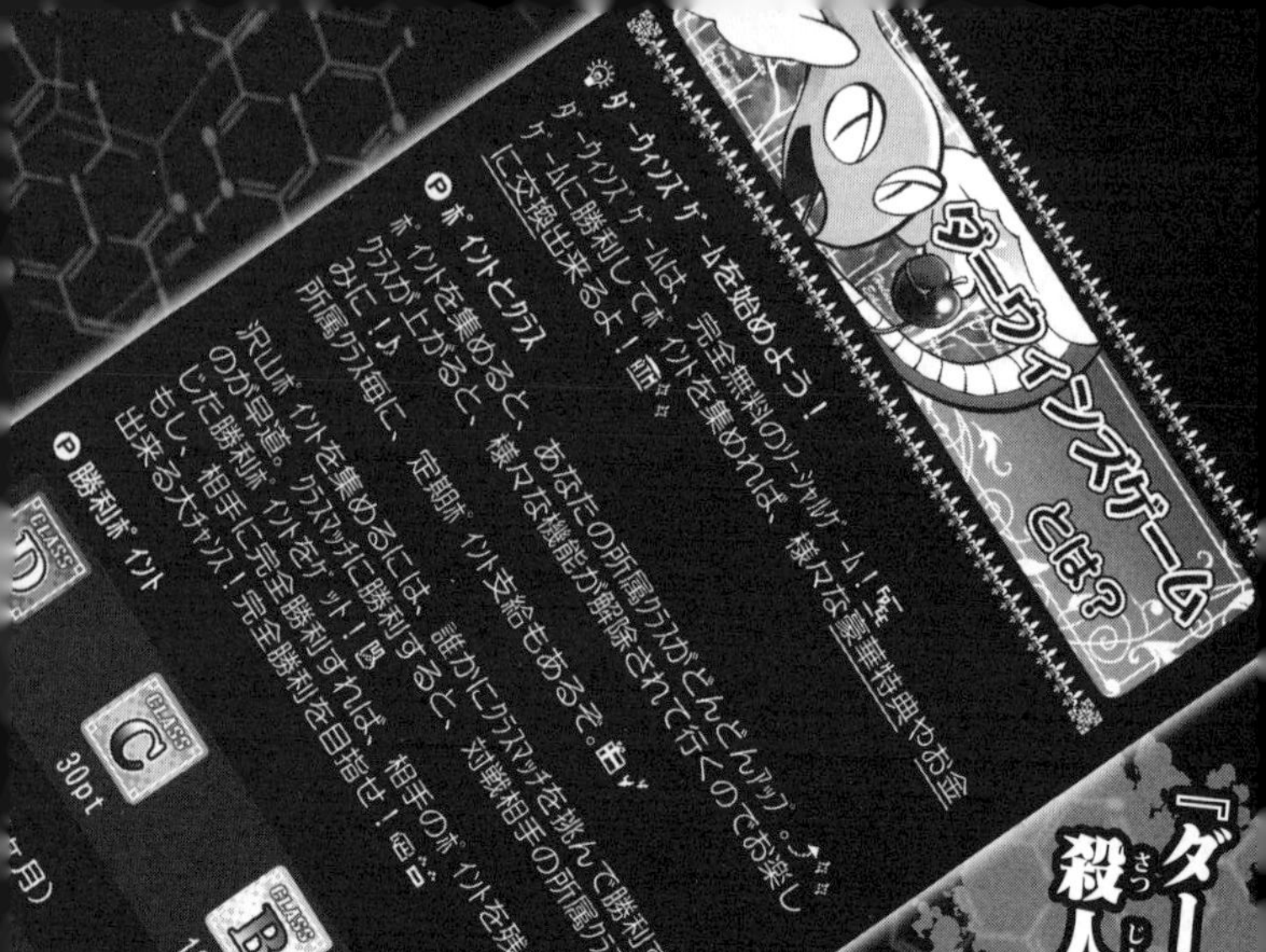

『ダーウィンズゲーム』は異能《シギル》を駆使《くし》して戦《たたか》う、
殺人《さつじん》行為《こうい》を前提《ぜんてい》としたゲームのことである。

【須藤《スドウ》カナメ】
物語《ものがたり》の主人公《しゅじんこう》。D《ディー》ゲームを通《つう》じて友人《ゆうじん》を亡《な》くし、
このゲームを終《お》わらせることを決意《けつい》。
サンセットレーベンズのリーダーであり、異能《シギル》は『火神槌《ヒノカグツチ》』。

【狩野《カリノ》シュカ】
D《ディー》ゲームの高位《こうい》ランカー。
カナメのことが大好《だいす》き。
異能《シギル》は紐状《ひもじょう》の構造物《こうぞうぶつ》を
自在《じざい》に操《あやつ》ることができる『荊棘の女王《クイーンオブソーン》』。

【柏木《カシワギ》レイン】
D《ディー》ゲームでは〝解析屋《かいせきや》〟と呼《よ》ばれ、
様々《さまざま》な情報《じょうほう》を持《も》つ。
カナメに誘《さそ》われ、
サンセットレーベンズに加入《かにゅう》。

【前坂《マエサカ》リュージ】
クラン・エイスの王《ワン》へと復讐《ふくしゅう》
するためカナメと共闘《きょうとう》。
その後《ご》、行動《こうどう》を共《とも》にする。
異能《シギル》は相手《あいて》の発言《はつげん》が
嘘《うそ》か真《まこと》か見抜《みぬ》ける『嘘発見器《トゥルーオアライ》』。

【スイ】
体内《たいない》に死《し》んだ双子《ふたご》の兄《あに》ソータの魂《たましい》を持《も》つ。
異能《シギル》は水分《すいぶん》を自在《じざい》に操《あやつ》る『枯れずの水瓶《ポルクスライト》』と
水分《すいぶん》を凍《こお》らせる『開かずの氷室《カストルライト》』。

【雪蘭《シュエラン》】
D《ディー》ゲーム個人《こじん》ランキング1位《い》の実力者《じつりょくしゃ》。
本業《ほんぎょう》は殺《ころ》し屋《や》であり
〝接死の狐《アンタッチャブル》〟の異名《いみょう》を持《も》つ。

【士明《シーミン》】
雪蘭《シュエラン》の執事《しつじ》。雪蘭《シュエラン》と行動《こうどう》を共《とも》にしており、
戦闘能力《せんとうのうりょく》だけでなく、洞察力《どうさつりょく》や考察力《こうさつりょく》も高《たか》い。

必要累計

D4	～(	C4	10		
D3	10～29	C3	200～2		
D2	30～49	C2	300～599	B2	
D1	50～99	C1	600～999	B1	600

クラスマッチを挑め！
バトルメニューから、クラスマッチを選ぶと、現在挑戦可能のリストが出るぞ。対戦はルール無用のデスマッチバトル！入念備が勝利の鍵だ。

クランについて
【クラン】とは、家族・一族・血族などを意味する言葉。プレイヤーはクランに所属する事で、対戦で助け合えたり、特別なクランバトルに参加出来たりと、様々な特典が得られるぞ。クランの加入は、所属クラスに関係無く可能だけど、新たなクランを結成出来るのは、クラスB2以上のプレイヤーのみ。クランリーダーには、特別な特典も…？

所属クラスを上げると…？
ポイントを稼いで所属クラスを上げると、様々な特典機能が開放されていくぞ！ D3からは【ガチャ】機能、D1からは【ショップ】機能が開放！ そして、クラスA1まで上げると…？

特別イベントに参加しよう！
ダーウィンズゲームでは、プレイヤー限定の特別イベントが定期的に開催されているぞ。普段と違うルールとバトルで行われる特別イベントは、特典盛りだくさん！参加のチャンスを逃すな！

禁止事項
ダーウィンズゲームの継続運営の為、本ゲームを広く公表する一切の行為を禁止します。禁止行為が発覚した場合、該当プレイヤーのアカウントは削除されますので、ご注意下さい。

NOVELS FG

Darwin's Game

[初出]週刊少年チャンピオン」2020年7号～39号

「ダーウィンズゲーム　～フラッグゲーム～」

プロローグ

❖

昼が夜へと入れ替わっていく、裂け目のような時間。

その『ゲーム』が行われるのは、大抵そういった薄暗がりの中だ。


霧雨がシブヤのビル街を濡らしている。

世界有数の繁華街であるにも関わらず、周囲には、なぜか一切の人影がない。

道路にひしめく車列も、全てが停止していた。

まるで時間が止まっているかのような風景だった。

だが、夕日の余光に赤黒く染まった雨粒だけは、確かに降り積もっていく。

そんな異界のような景色の中、狙撃手の少女――柏木《カシワギ》レインは、高層ビルの屋上に一人陣取っていた。

レインコートに身を包み、身じろぎ一つせず銃を構える姿は堂に入ったもの。だが、１４０センチそこそこ
この小柄な少女に、構えた狙撃銃《Ｍ２４》はいかにも大きかった。

シブヤ駅の南出口付近を射界に収め、少女はじっと時を待っていた。
視界は悪い。狙撃手には不利なコンディションといえた。だが、レインにとって、視界不良より体が冷える事の方が問題だった。視界の悪さは異能《シギル》でカバー出来るが、冷雨にこわばる指先はいかんともしがたいのだ。かじかまぬよう、もむように手を動かした。
煙る視界に、まだ敵の姿は映らない。
だが、彼女の相方なら、必ず侵入者をこのキルゾーンへ追い込んで来るはずだった。

この『ゲーム』には採用されるルールが複数ある。レインが現在プレイしているルールは、『フラッグゲーム』と呼ばれているクラン間対戦の一種だ。

プレイヤーのクラン加入後に解禁されるこのルールは、クラン同士でエリアの支配権を巡って争う大規模なもので、プレイヤーへと要求される負担も大きいが、得られる報酬もまた大きい。

彼女が属するクラン『サンセットレーベンズ』が、その過半を支配するシブヤエリアは文句なしの一等地であり、そこから上がる税収《ポイント》は膨大なものとなる。

フラッグゲームのルールは単純だ。クランメニューからポイントで購入出来るクランフラッグを空白エリアのいずこかに設置しゲーム終了まで防衛する。そうすれば、そのエリアをクランの支配エリアとする事が出来る。逆に、既に設置されているクランフラッグを破壊すれば、そのエリアを空白エリアに戻せる。それだけだ。

シブヤは、駅を中心点、南北に延びる鉄道を垂直線、東西に延びる首都高を水平線として、四つのエリアに分割されている。

現在、サンセットレーベンズは、その四つのエリアの内、既に南東を除く三つのエリアを支配し、残る一つのエリアを攻略すべくフラッグゲームを戦っていた。


（来た…）


レインは、ゆっくりとした動作で狙撃銃を構え直す。スコープ越しに、ガード下から飛び出すように走り出る二人の男が見えた。

フラッグゲーム中の見慣れぬ人影は、エネミープレイヤーと考えて間違いない。

男二人以外には、敵影は見えない。二十分ほど前に上がったシステムアラートによれば、支配エリアに侵入したクランは『ヘイトベアーズ』。当初は十名から成る大部隊だったはずだが、彼女の相方に大分削られたらしい。

武装は二人ともサブマシンガン——どうやらMAC-10《イングラム》。決して悪くはない装備だが、確かに彼女の相方を相手にするには不足が過ぎる。

男達の足取りは、雨を吸って重くなった衣服と、しきりに背後上空を振り返って警戒するせいで、極めて鈍い。

狙い頃だった。

彼我の距離は１００ｍもなく、彼女の狙撃銃からすれば至近距離も良いところ。銃に取り付けた4倍スコープがかえって邪魔なぐらいだが、彼女の異能《シギル》にとっては、いずれにせよ何の問題にもならない。


逃げる男の一人が、何ごとかを叫びつつ、後方上空へと銃を向ける。

レインは静かに、自分の心のどこかにあるスイッチを入れた。


瞬間、世界が凍りついた。


走り逃げる男達の動きは止まり、無数の細かい雨粒が中空に静止する。

雨音は遠ざかり、遠い耳鳴りのようなホワイトノイズだけが残る。

否。決して世界は凍り付いてはいない。ゆっくりと落ちる雨粒を肌に感じながら、レインはわずかに狙撃銃の狙いを調整していく。

トクンと、鼓動が一つだけ撥《は》ねる。

彼女にのみ引き延ばされた時間の中、彼女にだけ見える光の線が、銃口とターゲットを結んだ。

そっと落とすように引き金を引いた。


『世界関数《ラプラス》』。

知覚の拡大。そして、その拡大した知覚から流れ込む莫大な情報を処理する能力。

それが柏木レインに『ゲーム』から与えられた異能《シギル》だった。

銃声と着弾はほぼ同時。

右すねを撃ち抜かれた男が、水たまりの出来たアスファルトに右肩から突っ込んで転がる。併走しつつ、後方を警戒していたもう一方が、慌てて、転がった仲間を引き起こそうと手を伸ばす。

もちろん、レインの相方は、その隙を見逃すような生ぬるいプレイヤーではない。

上空から、ほとんど垂直に飛来した黒い鏃《やじり》が、伸ばした男の手を貫いた。

鏃《やじり》。だが、それは弓矢ではなかった。黒く塗られた重々しい鉄の鏃《やじり》は、長大な鉄鎖の先端に繋がれており、その鎖は何もないはずの上空へとまっすぐに伸びている。


シブヤの空を、美しい少女が舞っていた。


年の頃は十六か七。丁寧に二つに編まれた金の髪を翻して空を舞う姿は、まさに天使さながらだが、そのドレスは鴉のような黒だ。

少女が、その身に絡ませた鉄鎖の先端、その一方は地へ伸びて男の手を貫き、もう一方はビルの壁面へと打ち込まれていた。

少女は、壁面へ打ち込んだ鏃《やじり》を楔《くさび》として、自身を振り子のようにして飛んでいるのだ。


男が苦痛に叫びつつも、空中の少女へ銃を向けようとした、その根性は賞賛されて良い。

その絶叫が、そのまま男の断末魔となった。少女が空中より投げ落とした鎖のもう一方が、男の口から後頭部へと大穴を開けたのだ。

少女の名は、狩野《カリノ》シュカ。

『荊棘の女王《クイーンオブソーン》』という異能《シギル》を用い鉄鎖を自在に操る、プレイヤーランキング5位に君臨するトップランカー。

今回のフラッグゲームにおけるレインの相方だった。

❖

そのゲームは、プレイヤー達から『Dゲーム』あるいは、ただ『ゲーム』とだけ呼ばれる事が多い。

一見、スマートフォンを通してプレイする、よくあるソーシャルゲームだ。

遊べるルールは大きく分けて四種類ある。一対一で戦うランクバトル、複数のプレイヤーで結成したチーム——クランで争うクランバトル、今レインが行っているフラッグゲーム、そして毎回異なる特殊ルールによって実施されるイベントだ。

どのルールにおいても、その原則は極めつけに単純。制限時間内に、対戦相手を殺すか、降伏に追い込む事。制限時間内に決着がつかなければシステムによる判定。武装の使用は一切自由で、大抵は銃や刃物が利用される。

ここまでは、よくある戦争物のコンピューターゲーム、ＦＰＳ《ファーストパーソンシューティング》と何の違いもない。

ただし、その戦いの一切は、電子の仮想空間ではなく、現実世界で行われる。

言うまでも無く非合法で、危険極まりない代物だ。だが、そのゲームのプレイヤー人口は、発祥の地と言われる日本を中心に、世界中で拡大を続けていた。

ゲームに勝利する事でプレイヤーが得られるポイントが、莫大な現金《リアルマネー》に交換出来ること。そして、参加プレイヤーに一つランダムで与えられる異能《シギー》と呼ばれる超能力。この二つの要素が、無数の人間を引きつけたのだ。

誰がこのゲームを作り、運営しているのか？

これは、世界中の司法当局はもとより、プレイヤー達からも常に調査されている謎だったが、今のところ手がかり一つなかった。

あるプレイヤーは、世界中の銀行口座をカモに出来る天才ハッカーが作ったアプリに違いないと言う。

あるプレイヤーは、宇宙人が、人類をアセンションへと導くために作ったアプリだと主張する。

流石に司法当局は、もう少し現実的で、国際的な犯罪グループがバックに存在する犯罪アプリだと考えていたが、どの意見にしろ、まともな根拠など何一つ無かった。

出所不明の大金をばらまき、プレイヤーにもれなく超能力を発現させ、大規模ゲーム中には人払いまで行うスマホアプリなど、完全に人知を超えた代物に違いなく、案外、プレイヤー達が冗談めかして言う、「神様が作ったに決まってるだろ」というお決まりの軽口が、意外と真実を突いているのかも知れなかった。

だが、プレイヤー達にとっては真実などより、対戦相手を出し抜いて勝利する事の方が重要である。

自分の口座に勝利報酬《ポイント》が振り込まれる限り、自分達を殺し合わせているのが、神様だろうと宇宙人だろうと関係ない、というのが大多数のプレイヤー達の態度であった。

こうして、そのゲームは無数の人命を飲み込みつつ、それ以上の速度でプレイヤー人口を拡大していく。

誰も、その目的を知らぬままに。

このゲームの名を『ダーウィンズゲーム』という。

第一章

第一章

レインは、濡れたスマホの画面を指で拭ってから、ダーウィンズゲームのアプリを呼び出した。素早くマップ画面に切り替え、1ポイントを消費してプレイヤーサーチを打つ。これは、対戦中の敵プレイヤーと味方プレイヤーの位置を知ることが出来る機能だ。

スマホ上のマップに、レーダー波を模した波紋のエフェクトが広がっていく。

どうやら、半径500mにエネミープレイヤーの反応はない。ダーウィンズゲームには、プレイヤーサーチをごまかすアイテムなどもある為、確実とまでは言えないが、比較的安心できる状況であるとは言えた。

彼女は、狙撃銃についた雨粒を軽く拭いてから、ガンケースに仕舞う。

ため息を一つ。

(帰ったら急いで分解整備しないといけませんね……)

レインは、コートのポケットに忍ばせた、サブマシンガン《Vz61》の感触を確かめつつ、ビル外壁の非常階段を急ぎ足で降りていく。

まだ雨は止む様子はない。このまま一晩中降り続けるかもしれない。

レインが到着したとき、狩野《カリノ》シュカは、惨劇の現場にそのまま静かに佇んでいた。

雨に濡れた黒いドレスが体に張り付いていて、妙に艶かしい。同性なのに、どこか目のやり場に困るような気分になる。レインは、この三歳年上の美しい少女が、少し苦手だった。

「シュカさん。殺しすぎですよ。必ず何人か生かして帰すというのが、レーベンズの方針だったのでは？」

レインは、ため息をついて、シュカの傍らの地面に刻まれた『人型アート』を見る。視線の先では、石畳の地面が、まるで人型を形作るようにブロック状にえぐれていた。

これは、Dゲーム《ダーウィンズ》中に死んだプレイヤーの死体を、ゲームの運営システムがどこかへ転送した跡だった。プレイヤー達は、これを世間での通称にあわせて『人型アート』と呼んでいる。

Dゲームのシステムが行う、酷くずさんだが、同時に完璧な証拠隠滅。

もはや、惨劇の痕跡は、わずかに残った血痕ぐらいしかない。その血痕も、この雨では明日には流され消えてしまうだろう。

レインは静かに、流れ薄れていく血痕を見た。

自分達を殺そうと襲ってきた相手の死だ。殺し殺されるのはお互い様であり、今更そこに罪悪感はない。

だが、哀惜の念はあった。

ダーウィンズゲームで殺されれば、死体すら残らない。それも、まさにお互い様なのだ。

もっとも、レインがシュカの殺しすぎを非難したのは、そういう感傷からではない。

彼女たちが属するクラン『サンセットレーベンズ』は、敵対プレイヤーでも出来うる限り殺さないという方針を取っている。これは、クランリーダーをつとめる須《ス》藤《ドウ》カナメのお人好しに起因するところもあるが、それ以上に新興クランであるサンセットレーベンズの名を、可能な限り高めるのが目的だった。名声であれ悪声であれ、皆殺しにしてしまえば、その強さ、恐ろしさを喧伝してくれる人間までいなくなってしまう。

「生かしておくのは、あなたが足を撃った男一人で十分でしょ？……それで他に敵は？」

シュカは、レインを横目で一瞥しつつも、顔の向きも変えない。身に絡めた鎖の先端が、油断なく周囲を警戒したままだ。

「いえ、サーチには反応ありません」

「そう……。なら、帰るわ」

「帰るって――」

キンと鎖を鳴らすと、シュカが一瞬で空へと消える。

レインが、つられるように空を見上げた時には、既にシュカの姿は高層ビルを飛び越え、視界から消えていくところだった。

しばし、呆然とする。

こう目の前で実演されると、シュカが無敗の女王とまで言われる強豪プレイヤーである理由がよく分かった。

人間は、目前を高速で上方へと動く目標には対応できない。人間の視野は、上方が最も狭い上に、そもそも、そんな風に動く物体には全く慣れていないのだ。その上、空中でも不規則に軌道を変えるとなると、銃で狙うどころか、目で捉える事すら難しい。


その時、レインのスマホからフラッグゲーム終了を告げるアラームが鳴った。

これで南東エリアを除くシブヤエリアは、次のフラッグゲーム開始までの一週間、引き続きサンセットレーベンズの領地であると決定した事になる。

もうじき、ダーウィンズゲームの洗脳が解けた一般人《ノンプレイヤー》達がゲームエリアに戻ってくるだろう。騒ぎになる前に、人型アートからは離れた方がいい。そう思って、レインは左肩のガンケースを担ぎ直した。

ため息を一つ。

シュカと組まされるようになってから、なんだか、ため息が増えた気がする。

❖

異能《シギル》で空を自在に駆けられるシュカとは違って、レインは、地べたを歩いて帰るしかない。

サンセットレーベンズのアジトまで、ここから歩けば十五分ほど、空を行けば２分もかからないだろうか？

こういう時に、彼我の格差を思い知らされる。

片や、向かうところ敵無しのＡランカーなら、こちらはしがない情報屋稼業のＣランカー。

片や、モデル顔負けの人形じみた容姿を持つ美少女なら、こちらは地味なおかっぱ少女。

羨ましいとか妬ましいとか思う前に、ひどく遠い所にある様に感じられる。


黙々と、雨の街を歩く。

レインがシュカとコンビを組むようになったのは、ごく最近のことだ。

クラン内の連携を向上する為、試験的に役割をシャッフルして作られた即席コンビに過ぎないのだ。

シュカは、クランリーダーのカナメと組む事を好んだし、レインは戦闘要員というより後方支援要員として活動していた。

大体、サンセットレーベンズ自体が、三週間と少し前に結成されたばかりの新興クランであり、それまで、レインとシュカは、ただの情報屋とその客という関係に過ぎなかったのだ。


レインは、もともとソロの情報屋としてダーウィンズゲームをプレイしていた。

彼女に与えられた異能《シギル》『世界関数《ラプラス》』は、的当ての役には立つものの、決して戦闘向きとまでは言えなかったし、金目《ポイント》当てに上位ランカーを目指して成り上がっていくより、ダーウィンズゲームの謎そのものに興味があったからだ。

レインは、『自分の口座に勝利報酬《ポイント》が振り込まれる限り、自分たちを殺し合わせているのが、神様だろうと宇宙人だろうと関係ない』大多数のプレイヤーとは違う、少数派の変わり者だったと言う訳だ。

情報屋は天職と言えた。

彼女が、異能《シギル》を活かして提供する正確な情報は、他のプレイヤー達のニーズを掴み、彼女は我が身を、一種の不可侵地帯へと置く事に成功したのだ。

やがて、誰が言い始めたのか、彼女は『解析屋』と呼ばれ始める。

誰よりも正確に異能《シギル》を『解析』してしまう情報屋。

金さえ払えば役に立つ、敵とまでは言えない少女。まあ、殺すのはちょっと可哀想か、あれで結構役に立つしな、というある種の紳士協定。

あとは、時々否応無しに巻き込まれるランクマッチを、世界関数《ラプラス》による行動予測と、これだけはと鍛えた逃げ足を活かして判定勝ちを狙えば、ソロプレイヤーとして生き残る事も難しく無かった。

その情報屋稼業も、サンセットレーベンズに加入してからは休業状態である。

さすがに、ポイント次第で誰にでも情報を売るという訳にはいかなくなったし、サンセットレーベンズによる庇護《ひご》は、不確実な紳士協定よりもよほど頼りになったのだ。

とはいえ、苦労して築いた情報網を捨てるのは惜しかった。レインは、潤沢なサンセットレーベンズの資金を利用して、情報網はそのまま維持していた。


公園通りを抜けてオルガン坂へ来た辺りで、いつの間にか、周囲に雑踏が戻ってきていた。

どうやらＤゲームの洗脳を受けていた人々が、我に返って活動を再開したらしい。

いつもながら、Ｄゲームのこの人払い機能には怖気が走る。

この洗脳を受けた人々は、その間の記憶を一切持たない。記憶を失ったという認識すらないのだ。少しボーッとしていただの、ふと居眠りしていただの、それぞれが都合の良い記憶をでっち上げて辻褄《つじつま》をあわせてしまうのだ。

基本的にＤゲームプレイヤーは洗脳の対象外だったが、レイン自身、洗脳されていてもそれに気づくことは恐らく出来ないだろうと思う。

彼女は、この機能が、あらゆる携帯電話のスピーカーから可聴域外の音波を出す事による催眠によって成されていると見当を付けてはいたが、どのみち手の打ちようはなかった。現代社会において、周囲に携帯電話が存在しない状況など、無人の山野《さんや》ぐらいしかあり得ない。

レインが、そんな事を考えながら狭い路地へと折れた時、コートのポケットがわずかに震えた。

立ち止まって、スマホを取り出す。

彼女の情報網を構成する一人、三枝《サエグサ》コトリからの通知だった。

❖

待ち合わせ場所は、シブヤ駅のほど近く、全国どこにでもあるようなファストフード店だった。

レインは、さっさとハンバーガーのセットメニューを買うと、若者でごった返す店内を二階へ上がる。

「おー！ レインちゃーん！ こっちこっちー！」

一番奥まった席に、大げさに手を振る二十歳前ぐらいの娘——三枝《サエグサ》コトリがいた。

レインは、重たいガンケースを壁に掛けるように置くと、向かいの席に座る。

「大声で名前を呼ぶの止めて下さいよ、コトリさん……。どこにプレイヤーの耳があるか分からないんですから」

Dゲームのプレイヤーだという事を、他のプレイヤーへと知られる事はリスクでしかない。それに、Dゲームの情報を社会へ公にするプレイヤーは、運営により抹殺されるとまことしやかに噂されていた。

「にゃははは。このエリアで、レーベンズに喧嘩売るプレイヤーなんてもういないでしょ？」

コトリは悪びれもしない。

「さっき、喧嘩を売られたばかりです。ヘイトベアーズに」

「じゃあ、勝ったんだ」

「片付けたのはシュカさんですけど。私はまあ、一人だけです」

「ひゅー。さっすが無敗の女王様。あ、ポテト貰っていい？」

下手くそな口笛の真似をしつつ、コトリはレインのトレイにまで手を伸ばす。

「……情報とポテトをたかるために私を呼んだんですか？　帰りますけど？」

レインがわざとらしく腰を浮かしかけると、コトリは慌てたようにレインの腕を掴む。

「待って待って。ほんとに良い情報持ってきたから」

レインは再びわざとらしく、ため息をついて、再び腰を下ろした。

始終ハイテンションなコトリと付き合うと、どうもこちらまでオーバーアクションになってしまう。

「それで、良い情報とは？」

「レインちゃんに、ずーっと昔に頼まれて、捜してたプレイヤーっているじゃん？」

「……まさか見つかったんですか？」

「まあねえ……。まあ、確証とまではいかないんだけど……」

コトリにしては、歯切れが悪いと思えば、

「だから、報酬の半金は、確証が取れてからでいいよ！」

と、にっこり笑う。

なんてことは無い、報酬の半金を掛け金に、情報の真偽について教えろという事らしい。

別に、レインとしても悪い取引ではない。が、

「いえ、約束のお金は全額お支払いしますよ。貴重な情報ですし」

この情報を求めている依頼者が問題だった。

❖

実のところ、レインがシュカと知り合ったのは、サンセットレーベンズの設立よりも大分前の事――レインが情報屋稼業を始めて間もない頃にまでさかのぼる。

最初は何てことは無い情報をいくつか求められた事を覚えている。当時、名を上げつつあった有力なプレイヤー達の情報をいくつか。

そして、その有力プレイヤー達がシュカによって全て狩られてしまった頃、新たな依頼があった。

手の指を刃物に変形させる異能《シギル》を持つ老人を捜して欲しい。

奇妙な依頼だった。

Dゲームのプレイヤー達が求めるのは、勝つために必要な対戦相手の情報であって、特定の異能《シギル》を持つプレイヤーを探す事ではない。

ただ『手の指を刃物に変形させる異能《シギル》』というのには興味を引かれた。身体の一部、あるいは全部を変身させる異能《シギル》は珍しくないが、大抵は、伝説の狼男のように、獣の姿への変身であり、刃物等の器物への変身など聞いたことがなかった。

人捜しか。普通の探偵なら珍しくもない依頼だろうけど……。当初、レインは専門外だと断ろうと思ったが、Aランカーとのコネクションを作っておくのも悪くはないと思い直し、依頼を引き受けることにした。

異能《シギル》も珍しければ、老人のプレイヤーというのも珍しい。ここまで目立つ特徴が二つあれば、見つけるのもそう困難ではないだろうという目算もあった。

しかし、その予想は全く外れた。目撃情報一つ出てこないのだ。

自身の異能《シギル》『世界関数《ラプラス》』で、自身の甘い読みを精査しなかった事を少し後悔したが、別に期限を切られた依頼という訳でもない。結局、有力な情報一つ得られないまま、ずるずると時だけが過ぎ、さりとて、シュカから正式に依頼を打ち切られるという事もなく、そのまま宙ぶらりんになっていた案件である。レイン自身、コトリからの情報がもたらされるまで、すっかり忘れていたほどだった。

クラン『ブラックロータス』の新メンバーに、奇妙な老人がいる。コトリからもたらされた情報はそれだけだったが、レインは久しぶりに情報屋としての自分を再起動することにした。

奇妙な老人のプレイヤーというだけでは弱い。クラン『ブラックロータス』の新メンバーというだけでも弱い。だが、この二つが組合わさった情報は、シュカの依頼がなくても無視できない。

何せ、ブラックロータスは、サンセットレーベンズと同じく急成長している新興有力クランであり、サンセットレーベンズがシブヤエリアの支配権を確立する上での最大のライバルと目《もく》されているクランなのだ。

「ブラックロータスの偵察はいいけど、何でシュカじゃなくて俺が護衛なんだよ。お前今、シュカとローテーションだろ」

サンセットレーベンズのリーダー、須藤《スドウ》カナメがレインにそうぼやく。

二人が歩いているのは、シブヤから電車で五分ほど離れたメグロ中央エリアの路上だった。

昨晩から降り続いた雨は、昼過ぎには止み、今はアスファルトの所々に水たまりを残すのみだ。

ブラックロータスのアジトは、ここからさらに五分ほど歩いた所にある雑居ビルの一棟だと下調べはついていた。

「シュカさんは、顔が売れすぎてて偵察は無理ですよ」

レインは、そう言い返し、隣を歩くカナメの横顔を見上げた。

取り立てての特徴はないのに、どこか無視できない存在感がある少年だった。

背は高くも無く低くも無く。だが、レインより歳は四つか五つほども上で、小柄なレインと比べると頭一つ以上は高い。並んで顔を見ると、自然と見上げるようになってしまう。

自分に、もし兄がいたならこんな感じだろうか。うん、偽装の方向はそれで行こう。レインは、そう独り合点してうなずいた。

「それではカナメさん、今から私達は学校帰りに連れだって買い物に出かける仲良し兄妹です。それと、これで念のため変装しておいてください」

レインは、一方的に作戦をまくし立てると、用意していた伊達眼鏡をカナメへ差し出す。

「まあ、確かにシュカは顔が割れてる可能性が高いか……。でもなあ……」

カナメは、素直に伊達眼鏡を掛けるが、口調は引き続き重かった。この一件がシュカに知られたときの面倒を想像しているからだろうか。

レインも、フレームの色が違う伊達眼鏡を掛けた。ついでに、ちょっと目立つ色のヘアピンを付け前髪も変える。ちゃちな変装だが、しないよりはマシだ。

二人は、簡単な変装を済ませた後、Dゲームを起動して、Dゲームの有料アイテム『ハイドクローク』を使用した。ハイドクロークは、効果時間の間、Dゲームのプレイヤーアイコンを完全隠蔽し、あらゆる対戦を遮断出来る偵察の必需品だった。

「それで、主な偵察目標は腕を刃物に変形させる老人だっけ？　なんでシュカはそいつを捜しているんだ？　何か事情があるのか？」

「さあ？　情報屋は、必要以上に客の事情へ立ち入ったりはしないものですから」

「今は情報屋とお客じゃなくて、同じクランの仲間だろ。まだ上手くいってないのかよ、お前ら」

「……なら、カナメさんからそれとなく聞いてください。シュカさんが言うことを聞くの、カナメさん相手ぐらいなんですから」

「そりゃまた、難しい事言うね……」

「でしょう？　まあ、この件は、カナメさんの発案という事にして、あくまでブラックロータスの偵察に向かうという事でお願いします」

「分かったよ……。まあ、ブラックロータスの偵察自体は予定にあったしな」

カナメが、諦めたように頷くと、先導する為に少し足を速めて前に出る。目的地が見えてきたのだった。


六階建ての小さな雑居ビルだった。一階には小綺麗《こぎれい》な喫茶店が入っている。情報では、どうやらこの喫茶店を含め、丸ごとブラックロータスの所有ビルらしい。

レインは、窓ガラス越しに、ちらりと店内を覗き込む。どうやら、かなり繁盛している。学生らしい団体客や、サラリーマン、中高年の主婦など、客層も雑多だ。

先導役のカナメが、躊躇《ちゅうちょ》なく店のドアを押し開ける。どうやら、一般客を装って店内から偵察するつもりらしい。

自分なら、一端通り過ぎた後、ひとまず、斜向《はすむ》かいにあるファミレスあたりに陣取るだろう。何というか、行動方針というか度胸みたいな物が全く違う。

レインは、慎重な自分が嫌いではないが、カナメのこういう思い切りの良さは、時々羨ましくなる。

故事に曰《いわ》く、虎穴に入らずんば虎児を得ず、だ。

複数のＡランカーを含めたくせ者ぞろいの面子を集め、サンセットトレーベンズを立ち上げたカナメの行動力は伊達ではない。

自分は虎児という器ではないが、シュカなんて、まさにどう猛な猫科動物そのものじゃないかと、レインは思わず微笑む。うん、良い感じで緊張がほぐれた。敵地ではあるが、緊張感丸出しでは潜入調査にならない。

ガランガランと、やや重めのドアベルが鳴る。レインは、カナメの後ろを目立たぬように歩きつつ、世界関数《ラプラス》を発動させた。

「いらっしゃいませー。お好きなお席にどうぞー」

ウェイトレスらしき娘が、微笑みながら会釈してくる。世界関数《ラプラス》によって流れ込んでくる膨大な情報が、その娘の身長、体重、推定年齢、筋肉量や運動能力まで教えてくれる。

隠し持った武装はなし、特筆すべき運動能力もなし。

もっとも、この娘が何も知らないただのアルバイトなのか、ブラックロータスのメンバーなのかはまでは分からない。

新興クランであるブラックロータスのメンバー情報は、ほとんど分かっていなかった。だが、ダーウィンズゲームのプレイヤーは圧倒的に20代以下の若者層が多い。レインは、喫茶店の店員と、テーブル席の学生らしき三人グループ、カウンター席に一人座る青年あたりに目星をつけた。

カナメとレインは、学生グループ隣のテーブル席に座ると、メニューを見るふりをしつつ、周囲をうかがった。

(怪しい奴はいるか?)

カナメが、口の動きだけでそう伝えてくる。

軽く首を振って否定した後、それとなく、店内の監視カメラを視線で示す。ブラックロータスのアジトなのだから当たり前ではあったが、監視カメラの数が妙に多い。つまらないことで気取られたくはなかった。

今のところ、店内に武装を隠し持っていそうな人物は見つからない。一応は、まっとうな商売をやっているらしかった。

カナメが、ウェイトレスを呼んだので、ひとまず世界関数《ラプラス》を切る。世界関数《ラプラス》を使っていると、どうしても挙動に出るし、疲労も強いからだ。

やがて、二人が注文したアイスコーヒー二つが運ばれて来る。念のため、世界関数《ラプラス》を使って、飲み物に変な混ぜ物がされてないか解析した。うん、やはりまっとうな商売だと、レインがアイスコーヒーにストローを挿《さ》し込んだその時だった。

店内に四人の若者が入って来た。

男が三人に女が一人。男二人は大きな楽器ケースを担いでいる。一見すると、少し柄の悪いバンドグループ風だ。

四人は、慣れた様子で、店内一番奥のテーブル席に陣取ると、大声で飲み物と軽食を注文する。

世界関数《ラプラス》を使うまでもない、ブラックロータスのメンバーに違いなかった。

コーヒーを運んできたウェイトレスがテーブルを去るなり、レインは異能《シギル》を全開にした。

五感から得られる情報量が跳ね上がった。今や、店内にいる全ての人間の動き——会話、表情、心臓の鼓動に至るまで——がレインへ流れ込む。その膨大な情報を、ラプラスで活性化したレインの脳は貪欲に処理し飲み込んでいく。

三人が武装。一人が非武装（つまり、攻撃的な異能《シギル》使いの可能性が高い）。会話の内容から、クラン対戦《マッチ》の帰り。出てくる人名の数から、ブラックロータスのメンバーは最低でも九名以上、最近入った新入りの名前はフーリ。フーリの事を話す仲間の表情と心拍からすれば、フーリは早くも信頼を得ている。サンセットレーベンズとの本格衝突に備えて武器の備蓄を増やす相談……。

　会話は隠語混じりで、ダーウィンズゲームの固有名詞の使用は避けられてはいたが、本拠地に帰ってきた安心感からか、彼らはぽろぽろと情報を喋ってくれる。

　偽装のために、カナメが適当に話しているたわいない会話に、気のない相づちを返しつつ、解析を続けていく。

　世界関数《ラプラス》を使っている時に特有の、深く静かに海へと潜っていくような身体感覚。異能《シギル》による超感覚が、視覚や聴覚を、光と音という波にまで還元し、彼女の世界を情報の海で満たしていく――

　ハッとして、世界関数《ラプラス》を切った。

「なあ。そろそろ買い物に行こう」

　カナメが、彼女の肩をつつきながら言っている。事前に決めていた、ハイドクロークの制限時間が近い合図だ。

　どうやら、自分は結構深く潜ってしまっていたらしい。レインは、心地よい陶酔感の余韻を振り払うように軽く頭を振った。

「お兄ちゃん、もう、そんな時間？」

「うん。どうしても欲しい本が一冊あるしね」

　カナメが立ち上がりつつ、レインのほとんど減っていないアイスコーヒーを一気に飲み干す。そのまま、やや足早にレジへと向かう。

——急いでいる？　ブラックロータスのメンバーには気取られてはないと思いますけど……。

変わらず会話を続けるブラックロータスのメンバー達を一瞥しつつも、慌てて追いかけた。

「ありがとうございましたー。またお願いしまーす」

なんとも気の抜けたウェイトレスの挨拶に送り出されつつ、二人は店を出た。

レインが、スマホで時間を確認すると、予定の撤収時間にはまだ十分近くある。ハイドクロークの制限時間ならさらに二十分だ。少し非難めいた視線を、足早に歩くカナメに送る。

「あのカウンター席の男——」

だがカナメが、ぽつりと独り言の様につぶやき、レインは戸惑う。

テーブル席の四人の話ではないのか。確かに、カウンターに運動能力の高そうな青年が一人居たが……。

「いや、何でも無い。尾行を警戒」

「はい」

レインは、左手のショーウィンドウを見るふりをして、後ろを確認した。

既に随分と低い所にある太陽が目に入り、思わず目を細める。

夕闇の中、男が一人笑っていた。

背筋に悪寒が走る。

男は、喫茶店に入るでもなく、帰るでもなく、店の前に静かにたたずんでいた。

奇妙なほどに特徴の無い男だった。少しでも目をそらしてしまえば、すぐに印象が溶け消えてしまうような……。

「カナメさん——」

男と目が合ったと思ったのは一瞬だけだった。レインが、小声で警告を発しようとした時には既に、男は体の向きを変え、喫茶店の中へと消えていた。

「どうしたレイン？」

「いえ……」

あんな男、店内には居なかったはずだけど……。

しかし、店内から出てきたところを見た訳でもなければ、店のバックヤードまで確認した訳でもない。不気味な印象に振り回されて過剰な反応を示せば、やぶ蛇になる可能性がある。

「なんでもありません、早く帰りましょう」

予定より早い撤退となったが、収穫はそれなりにあった。今はアジトに持ち帰って多角的な検討をする方が先決だった。

❖

その男が、わざわざ危険を冒して、店を出て行く一組の男女――どうやら仲の良い兄妹らしい――を見送ったのは、ただの気まぐれと、ある種の共感めいた想いからだった。

その兄妹が、自分と同じダーウィンズゲームのプレイヤーである事は一目で分かった。恐らく、この店がブラックロータスのアジトである事を知った上で、情報収集に来たのだろう。兄妹というのも、ただの偽装かもしれない。

これはただの直感であり、もっともらしい根拠などはない。

だが、男は確信していた。

男には分かるのだ。死の匂い――人を殺した経験を持つ者達特有の雰囲気が。

死を人間の必然として、更には手段の一つとして捉えている人間は、特有の目をしているのだ。

日本の若い男女で、そんな匂いを漂わせている者など、ダーウィンズゲームのプレイヤー以外にはほとんどいない。

死の匂いを嗅ぎ取るこの感覚は、男の異能《シギル》によるものではなかった。

さりとて、生まれつきのものでもない。

莫大な経験値。男が、これまでに犯してきた殺人の経験が、いつの間にか、同類を嗅ぎ付ける能力を男に与えたのだ。


ダーウィンズゲームとかいうイカれたゲームのおかげで、同類に会うことが増えた。

特に、男の方は、かなり殺している。間違いない。

思わず口元が緩む。

その時、振り返った少女の方と一瞬目が合った。

きっと、また会うこともあるだろう。殺し合う事もあるかもしれない。

ダーウィンズゲームとは、そういうゲームだ。

❖

サンセットレーベンズが本拠地として利用しているのは、シブヤ北西エリアにある高層ビルだ。

クランがこれまでに貯め込んだポイントと、シュカ自身の個人資産を惜しげもなく投じて、一棟丸ごと買い上げたものだった。

Dゲームのクランは、規模の差こそあれ、鉄筋コンクリート製のビルを本拠地とする事が多い。現代の都市にある建物の中では圧倒的に要塞化しやすいからだ。クラン同士のゲーム内の抗争が、ゲーム外での襲撃にエスカレートする事もまれな話ではないのだ。本拠地となる拠点は襲撃に備えて厳重に防備を固める必要があった。

シュカは、本拠地の最上階に確保してある自室にて、その黒いドレスがしわになるのも構わず不貞寝をしていた。

彼女が、密やかにではなく、あからさまに想いを寄せる少年――須藤《スドウ》カナメが、レインとブラックロータスの偵察に出かけて不在だったのである。彼女が、彼をデートに誘おうと、わざわざよそ行きに着替えたと言うのに、であった。

ちなみに、事前の約束があったわけではないし、ブラックロータスの偵察についても、三日ほど前にシュカ自身が提案したことであり――要するに、その結果のふて寝だった。

「どうせなら自分も誘ってくれればいいのに……」

もっとも、自分が目立つ容姿をしており、トップランカーとしてプレイヤー連中に顔が売れてしまっている自覚はあった。偵察に向いていない事おびただしい。

つまり、ふて寝するしかない。

シュカは、もともと住んでいた高層マンションには、もうずっと帰っていなかった。

どうせ、帰っても誰もいないし、大事な思い出だってない、ただの仮の住まいだ。

その高層マンションの前に住んでいた実家の方には、もっとずっと帰っていない。帰っても誰もいないのは一緒だし、あそこには大事な思い出が多すぎる。

ベッドサイドで充電中のスマホがメッセージの着信を告げた。

ぐるりと寝返りをうち、スマホを取る。

レインからだった。

『フーリという人物に心当たりがありますか？』

短い。

まあ、レインからのメッセージはいつもこんな感じで、シュカはそういうところを、むしろ好ましく思っていたが……。しかし――

「誰？」

フーリ。覚えのない名前だった。Dゲームのプレイヤーネームだろうか？

『知らない。』それだけ入れて返信した。

ぐるりと逆方向へ寝返りをうつ。手からスマホがベッドの上にこぼれた。

フーリ。やはり覚えはない。

ないはず。

でも、なんだか妙に胸がざわめく。

「うーん……。フーリ……フーリね……何かあったっけ？」

再び目を閉じるが、もう眠気はやってきそうにない。

シュカが起き上がると、窓の外は、すっかり暗くなっていた。

部屋の入り口に置いた帽子かけに、巻くようにして引っかけてある愛用の鉄鎖を手に取る。ずしりと重い。

その鋼鉄製の鎖は、彼女の体重の半分を超える重量があるのだ。

だが、いったん彼女が異能《シギル》を通すと、とたん重さは感じなくなる。

シュカは、我が身を縛り付けるように体に巻き付けた。

彼女の異能《シギル》『荊棘の女王《クイーンオブソーン》』は、あらゆる紐状の物質を自在に操る能力だ。

今や、鉄鎖は完全に彼女の一部だった。

ビルの屋上に上がり、手すりの上に立つと、眼前に無数の光が広がった。

灯《とも》り、瞬き、流れる、地上の星々。この街で夜空を見上げる人が少ないわけだ。

そっとその身を空へ投げ出す。

絶対の重力に捕まりきる前に、鎖の両端でビルの壁面を、重力の数倍する力で思い切り蹴りつけた。

シュカの華奢な身体が、飛燕《ひえん》のように空へと飛び出す。

隣に建つビルの壁面を、ぎりぎりかすめるように通り過ぎる瞬間、外壁に打ち込んだ鎖を支点にして、落下する力すら空へとねじ曲げて、空へと駆けた。

この街では、夜空を見上げる人は少ない。

加えて、彼女のドレスは夜と同じ色だ。

彼女を見つけられる誰かなんて、いようはずもないのだ。

❖

ダーウィンズゲームにおける『クラン』とは、ネットワークゲームでよく実装されているプレイヤーズギルドと同じものと考えて間違いは無い。プレイヤー達の互助組織であり、目的を同じくするプレイヤー同士を結ぶ紐帯《ちゅうたい》として機能するものだ。

プレイヤーがクランに所属する事で得られるメリットは非常に多く、多くのプレイヤーは何らかのクランに属しているのが普通だった。

クランは、その目的や成り立ちから大きく三つに分けられる。

一番多いのが、ゲーム外に強いつながりを持つ仲間――例えば家族や友人――が立ち上げる血族的なクランだ。大抵は閉鎖的で、それゆえの結束を持つ。

次が、ゲームでのメリットを享受する為に、ゲーム内で赤の他人同士が寄り集まった組合的なクラン。開放的で、分担金と軽い協力義務ぐらいしかクランメンバーに要求しない事が多い。性質上、あまり数は多くないが、それぞれの規模感はもっとも大きい。

最後に、強い目的を持つプレイヤーが、目的に共鳴するプレイヤーを集めて立ち上げる旅団的なクランだ。多くの場合、カリスマ的なリーダーに率いられた少数精鋭のチームであり、規模は小さい事が多いが強力なクランが揃う。

そして、クラン『サンセットレーベンズ』は、強い目的を持つプレイヤー『須藤《スドウ》カナメ』が立ち上げたまさに旅団的クランであり、その目的は『ダーウィンズゲームの完全クリア』という、ゲームをよく知るものほど馬鹿馬鹿しいと考える途方もないものだった。強力なプレイヤーほど、ダーウィンズゲームから大金を得ており、ゲームの存続そのものを脅かしかねない完全クリアなど望んではいないからだ。

第一、ダーウィンズゲームは、その運営者も運営目的も分からない正体不明のスマホアプリであり、プレイヤー同士の対戦機能と、対戦を促す報酬システムしか明示されておらず、どうすればゲームがクリアなのかなどは一切不明なのである。そもそもこのゲームにクリアというものが存在しているのかすら怪しかった。

「あれ、シュカさんはまだですか？」

レインが、まとめた資料を手にアジトの娯楽室に入ったとき、サンセットレーベンズのメンバーはまだ揃っていなかった。

ちなみに、正式な会議室は別にあるのだが、大体の相談事はこの娯楽室で行われるのが常である。この部屋は、クランメンバーの一人で、ややお調子者なところがある青年——前坂《マエサカ》リュージが、プールバーをイメージしてほとんど趣味で作り上げたものである。バーカウンターとビリヤード台に始まり、ダーツ盤やらピンボール台まで設置された本格的なものだが、そういう遊びに興じるのはリュージと、リュージに半ば無理矢理つきあわされているカナメしかおらず、クランの最年少メンバーである十一歳の少女——スイが持ち込むコンシューマゲーム機やらボードゲームやらが既に部屋の一角を占め、その子供部屋エリアは着々と浸食を続けていた。

「シュカさんなら、部屋にはいませんでしたよ？　お外じゃないですか？」

スイが、ソファーに寝転がりながら答える。

答えながらも、その前に置かれた大型テレビから視線は外さない。画面では、チェンソー付きの巨大な銃を持った大男が、バッタバッタとエイリアンどもをなぎ倒していた。

この幼い少女は人一倍臆病なくせに、この手の暴力的なゲームが非常に上手だった。

「ふむ、ならばもう始めてもいいのではないか？　シュカには後で結論を伝えておけばよかろう」

雪蘭《シュエラン》が、カウンター席でカクテルグラスを傾けながらそう促した。

カウンターには、彼女の個人的な執事である士明《シーミン》という老人が、グラスを磨きながら立っている。

士明《シーミン》は、いつも通りの執事然としたタキシード姿で、立ち姿もまるで本職のバーテンダーのように様に

なっている。

雪蘭《シュエラン》は、一目で中国系と分かるような切れ長の瞳を持つ、たおやかな美女だが、クランで最強の戦力を持つのは間違いなく彼女だった。それどころか、Dゲームの日本エリア最強と言っても過言ではない。なにせ個人ランキングの現一位は彼女なのだから。

これで信用さえできれば、クランメンバーとして最上とも言えたが、レインは、この美女を信用しきれないでいた。

もともとは敵対関係にあった彼女を、交渉でカナメが仲間に引き入れたという経緯もあったが、そこは重要ではない。

なにせ、カナメにクラン設立を促した、名実ともにクランのナンバーツーであるシュカからして、カナメが対戦で下したプレイヤーの一人なのである。お調子者のリュージや、人畜無害に見えるスイですら、一度はカナメと敵対したプレイヤー達なのだ。

カナメには、カリスマめいた人徳と、くそ度胸じみた度量があって、敵として殺し合った相手でも、信用できるとさえ思えば、かまわず懐に入れてしまうところがあった。

そんなカナメを危なっかしくて放っておけない。というのが、レインが、カナメにくっついてサンセットレーベンズに入った大きな理由である。

だからこそ、自身の異能《シギル》を未だに明かさない雪蘭《シュエラン》を、レインだけは気を許す事が出来ない。『自分の異能《シギル》を明かさない相手は信用してはいけない』これは、ダーウィンズゲームを生き残る為に必要な鉄則なのだ。

カナメや他のメンバーが、雪蘭《シュエラン》に気を許したとしても、自分一人は最後まで警戒を怠らない。それが、お人好しや楽天家ばかりのサンセットレーベンズにおいて、慎重で猜疑心《さいぎしん》が強い自分が果たすべき役割である。レインは、そう自分に義務を課していた。

だが、個人ランキング一位という金看板を持つ雪蘭《シュエラン》を無碍《むげ》に扱うわけにはいかない。

その名声がサンセットレーベンズにもたらす利益は莫大なものだったし、戦闘力の高さも紛れもない本物なのだ。

なにせ雪蘭《シュエラン》は、銃も刃物も使わず、完全武装した集団を倒してのけるのである。

彼女は弾雨の下、散歩でもするように無造作に敵に近づくと、優しく撫でるような動作だけで、相手の首をへし折り、落ちていた釘を延髄に挿《さ》し込み、あるいは外傷もなしで心臓を停止させるのだ。

レインが、必死に世界関数《ラプラス》で解析しても、そこに何か念動力《サイキック》のような特別な力が働いた様子はなかった。

雪蘭《シュエラン》に言わせれば、功夫《クンフー》を積めば誰にでも出来るというのだが、修行さえすれば、銃弾の方から自分を避けていくようになり、胸にそっと手を置くだけで相手の心臓を止められるようになるとでもいうのか。そんな馬鹿な。

そんなレインの心中を知ってか知らずか、雪蘭《シュエラン》は優雅にカクテルを傾けている。

すると、リュージにナインボールを付き合わされていたカナメが、諦めたかのようにキューを台に置き言った。

「分かった。シュカには、俺の方から伝えておく。じゃあ作戦会議を始めよう」

全員がカウンターに集まり会議が始まった。

「今日、レインと二人でブラックロータスの偵察に行ってきた」

カナメが、そう言うと、レインへ目で促してくる。

レインは、持ってきたノートPCをカウンターに広げると、無線でプロジェクターにつなぎ画面を壁に投影した。

「今日の偵察で、ざっくりと判明したことを共有します。もっとも、大した情報はないのですが――」

プロジェクターによって映されたのはシブヤの周辺地図だった。Dゲームのエリアが境界線で示されており、目立つマーカーが二つ打ってある。

「マーカーの一つは、我らサンセットレーベンズの本拠地ですな。となると、もう一方はブラックロータスの本拠地という事ですか」

カウンターの奥でコーヒーを入れていた士明《シーミン》が、皆の前にカップを置きながら言った。

「ブラックロータスって、確か、この先ぶつかるかもって話してたクランの一つですよね。なんか結構近くにあったんですね……」

スイが感心したのか怯えたのかよく分からない声音でいうと、自分の前に置かれたカップを手にとってフーフーと息を吹きかけ始めた。猫舌なのだ。

「直線距離でここから3㎞ほどです。支配エリアはメグロの北エリアと南東エリア……。まだ中央と南西エリアを落としてませんが、メグロエリア統一に拘るつもりはないみたいですね」
「先にシブヤに来るって事か。舐められたもんだな」

不機嫌そうにリュージがそう吐き捨てる。

「どうも、そのような相談をしていましたね。武器を集めているようです。裏もとれています」

そう言って、レインはプロジェクターの映像を切り替えた。

武器のリストだった。この周辺でＤゲームのプレイヤー相手に武器を売るような闇業者はそんなに多くはない。レインは、その手の業者のいくつかに金を握らせ、ブラックロータスが買い集めた武器のリストを入手していた。

「おいおい、マジかよ。ＲＰＧまであるじゃねえか……」

「あ、ＲＰＧは知ってます！　ロールプレイングゲームじゃなくて、対戦車ロケットの方ですよね！」

天を仰いで嘆息するリュージに、スイが場違いな合いの手を入れた。

ＲＰＧ－７。中国、ロシア方面からかなりの数が入ってきている対戦車ロケットの一種だった。安価な割に威力が高く、ちゃちなビルぐらいなら倒壊しかねない威力がある。

「こりゃ、ブラックロータスの連中、本気で俺達のアジトを襲撃するつもりだぜ。とっとと対策を考えねえとヤベえ事になる……」

「ならば、こちらから仕掛けるか。相手の本拠地が割れておるのだ。儂が乗り込んで一暴れすれば一晩でケリがつこう」

リュージの嘆息に、今度は雪蘭《シュエラン》が、ちょっとコンビニへコーラとポテチを買いに行くぐらいの気軽さで物騒なことをのたまった。

別に、冗談で言っているのではないのが困りものだった。ランキング一位を誇る彼女ならそれぐらいの気軽さで虐殺をやってのけても不思議ではないのだ。

レインも、もしその手段が取れるなら、それが一番手っ取り早くて助かると正直思う。そう、もしその手段が取れるなら、だ。

「駄目だ。ブラックロータス本拠地はシブヤエリアの外だ」

と、カナメが一蹴した。

問題は、サンセットレーベンズ旗揚げ時の宣言にあった。

❖

サンセットレーベンズは、今から三週間ほど前——その結成とほぼ同時に、『エイス』を名乗る大規模クランと全面抗争に突入し、クランバトルで決着を付けた過去がある。

当時、王《ワン》という残酷で強力なプレイヤーに率いられたエイスは、シブヤエリア全域を支配に置いていており、ダーウィンズゲームのプレイヤー相手どころか、警察やヤクザ相手にも平気で事を構える暴虐さと、一切手段を選ばぬ残忍さを兼ね備え、最強クランの一つとして恐れられていた。

だが、そのクランバトルは、サンセットレーベンズの完全勝利に終わり、エイスは一夜にして消滅する。

クランバトルの結果、エイスが保有していた全ポイントが、サンセットレーベンズによって根こそぎ奪われ、全クランメンバーがポイント全損処理——ダーウィンズゲームの運営システムによるこの世界からの強制転送——が行われたのだ。

その夜、サンセットレーベンズは、全プレイヤーに向けて、クラン旗揚げの宣言を行った。それは、Dゲーム内のオープンチャンネルを通じて行われ、日本語・英語・中国語に翻訳しての念の入ったものであった。

一つ、エイスの旧領であるシブヤエリア全てはサンセットレーベンズの領地に編入する。

一つ、サンセットレーベンズの領内における、許可なきDゲームを禁ずる。

一つ、禁令を破った者は、サンセットレーベンズ盟主スドウカナメの名の下に処罰する。

エイスの壊滅により、東京のど真ん中に突如出現した巨大な空白地帯。

生き馬の目を抜くDゲームのプレイヤー達が、そんなおいしい空白地帯を見逃すはずはなく、即座に大小さまざまなクランが入り乱れての凄絶な争奪戦に発展する。

その混乱の中、サンセットレーベンズは、シブヤ北東・北西・南西の三つのエリアを瞬く間に制圧し、断固とした防衛戦を展開。シブヤエリア過半の支配権を確立したサンセットレーベンズは、一気に有力クランの一つに躍り出る事となる。

そして現在。サンセットレーベンズは最後に残ったエリア――シブヤ南東エリアを、いくつかのクランと奪い合っていた。

サンセットレーベンズの立ち上げ時に、クランの基本的な行動計画を立案したのはレインである。

カナメの掲げた目標『ダーウィンズゲームの完全クリア』とは途方もないもので、まずはクランが確固たる力を身につけなければどうにもならない。クランの基盤となる安定した収入源を確保する為には、フラッグゲームで有力な支配エリア――領地を確保するしかないが、強力な戦力を擁するとはいえ、あくまで少数精鋭でしかないサンセットレーベンズが四方八方を敵に回す訳にはいかなかった。

そこでレインが考えたのは、宣言によってあらかじめ境界線を引いてしまうというアイデアだ。

シブヤエリアは、元々エイスが支配していた領域である。ゆえに、エイスを倒したサンセットレーベンズが支配の正統性を持つという理屈は、それなりに説得力のあるものだったし、シブヤエリアは譲らないが、その外には野心を持たないという、言外の含みもあった。

その上で、シブヤエリアの支配権を早急に固めてしまい、平行して周辺エリアを支配するクラン達と不可侵条約を結んでいく。サンセットレーベンズの戦力があれば、この計画は十分に可能だとレインは計算していた。

事実、ここまでは順調に来ている。だが、もしサンセットレーベンズが、シブヤエリア外のクラン本拠地に奇襲攻撃をかけ、これを壊滅させたとすれば――

「雪蘭《シュエラン》さん。もし、そんな事をすれば、今している条約交渉が全部白紙に戻りかねませんよ」

レインは、ため息とともに言った。

そう、レインとしても雪蘭《シュエラン》の案に反対ではない。反対ではないのだが、状況が許さないのだ。

「そうだぜ。あと少しで、ＴＨＳとの交渉がまとまりそうなんだ。今、こっちから外に仕掛けるのは不味いぜ……」

ＴＨＳ――ツインヘッドシャークというけったいな名前を持つミナトエリア最大のクランとの交渉を行っているリュージもぼやくと、

「では、如何《いか》にする？ 待ちの戦《いくさ》は儂の流儀ではないぞ？」

と、雪蘭《シュエラン》がつまらなそうにそっぽを向いた。

カナメが、少し考え込みながら、レインに訊いてくる。

「レイン。ブラックロータスのリーダーについての情報はあるか？」

ブラックロータスのリーダー……。もちろん、下調べはしてあった。だが……、

「いえ……。どうやら偵察したときには不在で、通りいっぺんの情報しか……」

「どんな情報だ？」

「ああ、いえ、なんといいますか……。プレイヤーネームはカジ。あと結構な色男らしいと……」

「プッ！ そりゃ随分と貴重な情報だな！ レイン！」

リュージが爆笑しながら言う。

別に、冗談を言っているわけではないのだが、ろくな情報がないのは確かだった。だが、これは逆に考える事も出来る。

「そうですね。良くも悪くも情報が少ないプレイヤーです。逆に言えば、目立つような性格や異能《シギル》を持つプレイヤーではないのかもしれません。いくら新興クランとはいえリーダーなら、普通、噂ぐらい聞こえてくるものですから……」

レインが、慎重に言葉を選びつつそう言った時、一人熟考していたカナメが顔を上げた。

「少し考えたんだが……、特に情報がないなら、当初の方針通りいこう」

「そうですね。それしかないと思います。次のフラッグゲームは六日後です。運良くブラックロータスの攻撃準備を察知出来たのですから、それまでにこちらも出来るだけの防衛策を講じて――」

「いや、そうじゃない。次のフラッグゲームこそ残った南東エリアを俺たちが獲る。このタイミングで余計な茶々を入れられたくない」

「それはそうですが、ブラックロータスはどうするんです？　先制攻撃も防衛策もなしでは――」

「だから、当初の方針だよ。シブヤエリアは獲る。周辺クランとは不可侵条約を締結する」

きっぱりとカナメが言った。

「相手が襲撃の準備をしているのは確かだ。だが、まだ戦いが始まったわけじゃない。リーダーがまともな奴なら、交渉の余地はあると思う」

道理だった。

相手がこちらへの攻撃準備をしていようと、交渉の可能性は常に捨てない。カナメが信頼に値するのはそういうところだとレインは思う。自分は、どうも、相手に見切りを付けるのが早すぎるのかもしれない。

良くない癖だと自覚はあった。だが、持って生まれた性格というのは、簡単に変えられるものではない。

性格とは運命である——とか何とか言ったのは、芥川龍之介だったか、アリストテレスだったか……。

「交渉か……。なら早い内がいいな。大将、俺ならいつでもいけるぜ」

リュージがカナメへそう言った。交渉となれば、『嘘発見器《トゥルーオアライ》』——相手の嘘を見抜く異能《シギル》を持つリュージの同席は欠かせない。

「今からでも、クランメッセージで連絡を取ってみる。文面は——」

カナメが、自身のスマホを取り出して、Dゲームのアプリを立ち上げようとした時、まるで機先を制するようにクランメッセージの着信を告げるアラートが鳴った。

「ん？ ちょっと待て。今、クランメッセージが来た。相手は——」

カナメが、思わぬ事に硬直する。

メッセージの差し出し人はブラックロータスのリーダー。用件は、同盟交渉の打診。

「……どうしたカナメ？」

怪訝に思ったリュージが、そうカナメに声をかけた時、今度はビルのインターホンが鳴った。

玄関口を映すモニターの中で、見慣れぬ若い男が一人、にこやかに手を振っていた。

❖

「良い度胸してるじゃねえか、テメエ……」

リュージが、呆れているのか、凄んでいるのか、良く分からない声音で漏らす。

応接間に一人通されたその男は、周囲をサンセットレーベンズのメンバー六人に囲まれても平然とソファに座っていた。

レインが見たところ、年の頃は二十歳前後――リュージと同じぐらいに見える。

華奢で細面、脱色した髪をマッシュにした見るからに優男である。少なくとも今日、レインとカナメが偵察に行ったときには見なかった顔だった。

レインは、さりげなく男の死角に回りつつ、軽く世界関数《ラプラス》によるスカウティングを開始する。

運動能力は並、武装も無し。問題は異能《シギル》だけ……。

レインが送った合図の視線にカナメはうなづくと、男の前のソファに腰掛ける。

「アンタが、ブラックロータスのリーダー本人？　それとも代理人かい？」

「本人だよ、もちろん。僕はカジだ。君が、レーベンズのスドウカナメかい？」

まるで、屈託無く返してくる。

「俺が、カナメ本人だ。交渉の申し出なら聞くぜ」

「ふふ……。噂通り、話が分かる人みたいだね。危険を冒して一人で交渉に来た甲斐があったよ」

カナメが、横目でちらりとリュージを見ると、リュージが合図を返す。

嘘はついてない。リュージの異能《シギル》『嘘発見器《トゥルーオアライ》』は、目の前にいる相手の嘘なら１００％確実に見抜くのだ。

リュージ本人は、とんだクソ異能《シギル》を引いちまったと、よく自虐するのだが、この手の交渉事でリュージほど頼りになる者はいない。交渉相手からすれば、自分の手札だけオープンにしてポーカーをやらされるようなものである。

「じゃあ、好意に甘えて単刀直入に言うよ――」

そう前置きすると、カジは、本当に単刀直入に言った。

「僕達と同盟を――。いきなり攻守同盟とは言わない。まずは、不可侵条約を結んでほしい」

なるほど、正解だとレインは思う。約束に誠実なカナメと、嘘を見抜くリュージ相手の交渉なら、駆け引きなんて打つだけ無駄だ。レインは、心の中でカジの評価を一段階上方修正した。この交渉、案外まとまるかもしれない。

「なるほど……。証拠金は？」

「お互い２００ポイントでどうだい？」

Ｄゲームにおいて、『不可侵条約』とはただの口約束ではなくゲームシステム上の契約である。『不可侵条約』を結んだクラン同士は、クランマッチはもちろん、構成メンバー同士の個人戦もシステムにより全て禁止される。そして証拠金とは、その条約を破棄した場合に、相手へと支払われるポイント――いわば保証金だった。２００ポイントとは、日本円でちょうど二千万円に相当する。新興有力クラン同士が積む証拠金としては標準的な額と言えた。

もっとも、Ｄゲームを禁止されたところで、プレイヤー同士が、ゲーム外で私闘を行う事まではシステムは禁止しない。最後は、やはり、互いの信用が重要だった。

「良いだろう。サンセットレーベンズは、ブラックロータスとの不可侵条約に同意する。今すぐ、調印を行うか？」

カナメの即答に、カジは、軽く息を呑んだ。

「……即決だね」

「ここに両方のクランリーダーが揃ってるんだ。もったい付ける意味はないだろ？ それとも、ここで調印出来ない理由でもあるのか？」

「いや、それはないが……」

「ああん？　なら問題ねえじゃねえか。さっさと決めちまおうぜ」

　ここで、リュージが腕を組み替えつつ口を挟んだ。いくつか決めてある『相手が嘘をついている』という合図である。

「……」

　カジが押し黙った。

「そっちの意思が固まっていないんじゃ、話にならないな。じゃあ今日のところは――」

「いや、待ってくれ！　実は問題が一つある！」

　腰を浮かしかけたカナメを、カジが慌てて呼び止めた。

「身内の恥みたいなもんだから、あまり言いたくは無かったんだが……。実のところ、手元の残りポイントが少ないんだ。無駄に武器を買い集めた馬鹿がいてね。それで、恥かきついでに、図々しい頼みがあるんだけど――」

　カジが屈託のない笑顔で告げた。

「不可侵条約を調印する前に、武器を買い取ってくれないか？」

❖

「罠でしょ」

「罠ですね」

「俺もそう思うぜ……」

　シュカとレインのステレオに、リュージまでもが被せ、流石のカナメも鼻白んだ。

スイは、どうしていいのか分からずに、あっちを向いたりこっちを向いたりしている。

翌朝、アジトの食堂にて、スイが作った簡単な朝食をとりながらの事である。

ブラックロータスのリーダー、カジから提案された武器取引については、その場で即決出来るような内容では無く、シュカの帰還を待っての再考となったのだ。

今は雪蘭《シュエラン》と士明《シーミン》は居なかった。彼らは時々、情報収集と称して姿を消す時がある。二人はサンセットレーベンズにとっては客将の様なものであり、皆、居ても居なくてもそこまで気にしない。

「……だけどリュージ。カジの言葉に嘘は無かったんだろ？」

「確かに、一度口を濁した時以外、奴は嘘を口にしていなかったよ。だがな、俺の力じゃ１００％真実を見抜けるって訳じゃねえ。本人が騙されて信じ込んでいたり、事実を勘違いしていたら、どうにもなんねえんだよ」

リュージのもっともな言い分に、レインも深々とうなずく。

武器の取引場所として、カジが指定した時間と場所――本日夜、ここから車で半日近い山奥の倉庫――というのがまず問題だった。これでは、こちらが罠の有無を事前に調査する十分な時間が取れない。

ブラックロータスの内部にいる同盟反対派に時間を与えない為だと言うカジの言い分は、一応の筋は通っている。だが、この武器売却の絵図を描いたのが、カジ本人ではなく、フーリという最近ブラックロータスに加入した新人らしいというのが、より大きな問題だった。

レインの見立てではこうだ。

ブラックロータスの内部には二つの勢力があり、異なる方針で動いている。

一つが、クランリーダーのカジを中心とした、サンセットレーベンズと結んで、足場を固める事を優先する同盟派。もう一つが、サンセットレーベンズの領地を奪っての勢力拡大を目指している同盟反対派。

カジは、クランの統制を取り戻すため、自分に近いメンバーと相談する。その時、メンバーの一人、フーリが進言したのが、同盟反対派が暴発する前に先んじての条約締結と、集積された武器の売却案。

だが、その進言は、むしろサンセットレーベンズを伏撃し、抗争を既成事実化する為の同盟反対派の罠……。

「だけどさ、そのフーリって男が同盟反対派とは限らないじゃないか？」

レインの語る推測に、そうカナメが反駁《はんばく》した。

「フーリという男が、どちらの勢力か分からない事そのものが問題なんですよ。カジがいくら真実を話していても、カジ本人が騙されていたら、リュージさんの異能《シギル》ではどうにもならないんですから」

わざわざ、危ない橋を渡る事はない。それがレインの意見である。

だが、意外なところから、過激な賛成意見が上がった。

「あの……、罠なら罠で……、やっつけちゃえば、いいんじゃ？　ない……でしょうか……」

スイが、ちらちらと周囲を見回したり、俯いたりしながら、途切れ途切れにそう言った。

そして、そんな過激な意見をぶっ放すだけぶっ放した後、スイはまるで恥じ入ったように、うつむいてスマホに逃げた。

不味い。レインの顔が軽く引きつる。これは風向きが変わる気配……。

「それもそうね。むしろ、相手を全滅させちゃえば、裏切られる心配も無いし、おまけにタダで武器が手に入ってお得だし」

シュカが、あっさりと掌を返して、物騒な意見をのたまうと、

「そうだな……。相手が先に裏切ったっていうなら、他クランとやってる条約交渉への悪影響も少ねえ。つーか、場所も東京からかなり離れた山奥だ。考えようによっちゃあ、逆にチャンスかもしれねえな」

リュージまでが、シュカに同調した。

なんてことをしてくれたんだ、と、レインがスイを睨むが、後の祭りである。この小学生は人一倍臆病なくせに、変なところで思い切りが良く、時々思わぬ事をしでかすのだ。

リュージはともかくシュカの心変わりは不味い。カナメとシュカの意見が一致した時点で、このクランにそれを止められる人間はいない。下手をすれば、この二人だけで、全てを片付けかねないからだ。

しかし、逃げ専の慎重派を自任するレインが、こんなことで折れるわけにはいかなかった。自分ぐらい、慎重に振る舞わねば、このクランは過激な方向にしかいかないのだ。

「私は反対です。ブラックロータスの情報が少なすぎます」

断固とした口調で言った。

「それに、どうも気になるんですよ、フーリという男が。この男、かなり危険な異能《シギル》使いかもしれません」

「……フーリについて、特別な情報があるのか？」

レインの警告に、カナメが鋭い表情になる。

「いくつかの断片的な情報です。ですが、全ての断片が、フーリという男の危険さを示しています」

まず、Dゲームのプレイヤーでは珍しい老人であるという情報。肉体の衰えた老人がDゲームを生き残り続ける事は、並外れた経験か、強力な異能《シギル》を持つ事を意味する。

そして、参加したばかりのクラン――ブラックロータスで、既に一定の地位を築き、リーダーであるカジに影響力を行使しているという事実。命がけのDゲームにおいて、短期間でそれだけの信頼を得るのは並大抵の事では無い。

「……。そういえば、私にも聞いてたよね。フーリっていう名前に心当たりがあるかって。あれってどういう事？」

「いえ、それは――」

シュカに鋭い視線を向けられ、レインが思わず口ごもる。

しまった、ただでさえ劣勢なのに、やぶ蛇だったかも知れない。しかし、今更ごまかしようもない。

「……シュカさん自身の依頼ですよ。例の捜索依頼――」

「行く」

シュカが、全てを断ち切るように言った。

「あ、あの……。今のところ、珍しい老人のプレイヤーというだけで、確証のある話では――」

「だから確かめに行く。例え、私一人でも」

そう言い切るシュカの瞳は、遠いどこかを睨み付けるように鋭かった。

第二章

第二章

❖

シブヤから車で四時間以上。目的地から二㎞手前の路上に、レイン達は到着していた。

指定された取引場所は、山中にある古い倉庫である。どうやら、倒産した木工工場の跡地をブラックロータスが買い取ったものらしい。

「しっかし本当に国道かよ、酷え悪路だ」

リュージが悪態をつきつつ、山道の待避所にハンヴィーを止める。

米軍払い下げのこの大型車両は、細い山道では対向車とすれ違うのに苦労しがちなのだが、幸か不幸か、山道に入ってここまで、車の一台、人の一人も見かけない。

取引に指定された時刻まで、後一時間ほど。曲がりくねった山道には、早くも夕闇が訪れようとしている。

「どうするカナメ。中止するなら、今が最後のタイミングだぜ」

結局、雪蘭《シュエラン》と士明《シーミン》の二人とはそのまま連絡が付かず、車中にはコアメンバーの五人のみである。

ブラックロータスのリーダー、カジより送られてきた武器リストは、レインが事前に得ていた情報と一致するもので、これはカジがある程度信用出来る事を示していた。

だが、人を騙すコツは、九割の真実に一割の嘘を混ぜ込んだものである。このままカジを信用しきるのは危険だった。

「いや、やろう。一度は、相手を信用してみないとDゲームで交渉なんて出来ない。そうだろ?」

「フン、お前はそう言うと思ったぜ……。しゃあねえ、罠なら食い破るだけだ」

「むしろ、そっちの方が後腐れがなくてお得じゃない？」

「シュカは楽観的すぎるんだよ……。カジの異能《シギル》だって割れてねえつーのに」

「シュカさん。あなたが一番危険な役回りです。慎重に行きましょう」

「あーもう、分かってるってー」

「あの……これ皆の無線機です。どうぞ……」

カナメの決断に、皆が軽口を叩きながら動き出す。

「じゃあ作戦通り、シュカは先行して偵察を。俺達はポイントBにレインを降ろした後に追う。念のために言うけど、何かあっても一人で先走らずに無線で連絡してくれよ？」

カナメが、全員が耳に付けた無線機を示しながらそうシュカに念押しした。

「カナメまで何よもー。私をなんだと思っているのかな」

シュカが、ふくれっ面をしながら、車を降りる。

そのまま、トンと弾むように走り出すと、山の斜面にまばらに生えている杉の一本に鎖の先端を撃ち込み空中へ跳び上がった。異能《シギル》による空中機動を得意とするシュカに、背の高い構造物が多い地勢——ビル街や山林はホームグラウンドに等しい。

レインは、山稜を飛び越して消えるシュカを見送ると、足下に置いていたガンケースを確かめるように撫でた。

彼女が立案した作戦はこうだ。

ハイドクロークを使用し、プレイヤーアイコンを消したシュカが、先行して偵

察。ポイントA――取引場所である倉庫周辺の罠と伏兵の有無を調べる。

問題が無ければ、シュカを伏兵として周囲に潜ませたまま、倉庫へと車で乗り付け、カナメとリュージが取引に入る。

スイは、車中にて待機し二人の支援――まあ邪魔にならないところで応援といったところ。

レイン自身の役割は、ポイントB――離れた狙撃点に陣取っての援護。万が一の保険である。

『ザッ……――、例の倉庫を目視で確認。今のところ罠とかはないよ、オーバー』

シュカから、ノイズ混じりの無線連絡が入った。最短距離を進めるシュカは、もう現地に到着したらしい。

「了解。ポイントBに向かう。オーバー」

助手席で指示を出すカナメに、運転席のリュージが頷くと、静かに車を発進させた。

『ザッ……でもおかしいなぁ。見張りの一人も立ててないのは不用心すぎない？　取引場所ここで間違いないよね？　オーバー』

「その筈《はず》です。付近に紛らわしい倉庫等はありません。オーバー」

シュカの疑念に、レインがタブレットで地図を確認しつつ応える。地図が正しいなら目的地周辺に、他に建物はない。

『工場跡地の周囲に、伏兵はなし。ちょっと敷地内を偵――ザッ』

「……シュカさん？」

ノイズと共に、シュカからの通信が不自然に途切れる。

レインが、それから数度呼びかけるも、シュカからの返答は無い。

「……まずいですね、建物の壁で電波が遮られているのかも」

「少し急いだ方がいいか？」

「ポイントBはスキップ。このまま倉庫へ乗り込もう。レインは、シュカへの呼びかけを続けてくれ。どうも、嫌な予感がする……」

カナメの言葉に、リュージがアクセルを踏み込む。

坂道を物ともしない急加速に驚いて、スイが小さな悲鳴を上げた。

レインは、シュカへと呼びかけを続けるが、変わらず応答は無い。

こうなると、シュカが使用しているハイドクロークの効果が恨めしかった。このアイテムは、味方からのサーチ機能も無効化してしまうのだ。

慎重な作戦が裏目に出ている。どうも良くない流れだ。

そして、良くない事というのは、不思議と連続するのだ。レインは、そんな嫌な予感を振り払うように、強い声でシュカへの呼びかけを続けた。

❖

シュカは、工場跡地を囲うフェンスを一瞬で跳び越えると、敷地内へと侵入した。

そのまま、近くに止められていた大型バンの影に身を隠す。車内を覗《のぞ》くが、中には誰もいない。だが車体にはまだ熱が残っており、ここに止められてからそう時間は経っていないらしかった。

ブラックロータスの連中は、建屋の中だろうか？ 見張りも立てずに？ シュカはそう不審に思う。こうなるとなおのこと偵察する必要がありそうだ。

敷地内にある建屋は、しっかりした鉄骨で組まれたかなり大きな物で、二階建ての事務所部分と、天井の高い倉庫部分が合わさったものだった。見たところ、倉庫の大きな搬入口も、事務所部分の玄関口も、しっかりと閉ざされている。

「工場跡地の周囲に、伏兵はなし。ちょっと建物内を偵察してみる。オーバー」

侵入するなら、事務所部分二階の窓から。シュカは、そう当たりを付ける。一気に物陰から走り出し、建屋の屋根に鎖を撃ち込むと、二階の窓付近の壁に取り付く。

部屋にひと気がない事を確認する。次いで、腕に巻き付けるようにして袖に隠していたピアノ線を窓の隙間から差し込み、ロックを外した。

シュカは状況に応じていくつかの武器を選んで使うが、今日は全ての武器を装備して来ていた。

まずは、最も頼りにする楔《くさび》つきの鉄鎖。それを二本。

そして、四本の巻き取り式ワイヤーアンカーを仕込んだ特製の手甲、それを両手とも。

最後が、今、鍵を外すのに使ったピアノ線だった。

合計重量は彼女の体重よりも重い。異能《シギル》を使わなければ歩くのにも苦労するような、まさに完全武装だった。

シュカが侵入した部屋は、元は事務所のようだったが、ブラックロータスの連中が食堂代わりにでも使っているのか、カップ麺やらペットボトルやらで雑然としていた。

鎖を使って死角を探りつつ、廊下へと通じる扉に向かう。慎重に廊下を覗き込むが、そこにも人の気配は無い。

奇妙だった。

十人近いブラックロータスメンバーが建物内にはいるはずなのだ。姿が見えない事はともかく、物音一つしないというのはおかしい。

するりと廊下へと身を滑らせ、周囲を探索《クリアリング》していく。向かい正面部屋、クリア。トイレ、クリア。給湯室、クリア。二階、全て《オール》クリア。

下への階段で足を止めた。

階下への踊り場に、一人の男が仰向けに倒れていた。側には、男のものとおぼしき自動拳銃が落ちている。

男は、天を睨むような形相で死んでいた。

顔に見覚えはない。状況からすれば、ブラックロータスのメンバーの一人だろうが、死後、それなりに経っているのに、転送されていない事からして、Dゲーム中の死ではない事は明らかだった。どちらかがDゲームをプレイ中だった時のみ、プレイヤーの死体はいずこかへ転送される。

となると、クラン内での私闘や粛正の類いだろうか？

シュカは、慎重に近づき、死体をあらためる。死因は、一目で検討がついた。

胸の真ん中に、五つ並んだ小さな刺し傷。そこからの出血が男の服を赤黒く染めている。


――ドクン。


シュカは、思わず自分の胸を押さえた。

何もしていないのに、心臓が勝手に早鐘を打ち、呼吸が荒くなる。

似ている。

五つ並んだ、小さな、そして致命的な刺し傷。

不意に蘇りそうになった記憶を追い出そうとするかのように、大きく首を振る。

似ている。
冷たくなった身体と、まるで、何か決して許せないものを睨み付けるような形相。

振り払えない記憶が、冷静になろうと努める思考を絡め取る。
深呼吸を繰り返して、暴れる心臓を必死になだめる。

似ている。
いや、これは同じだ。
同じ殺され方だ。

とうとう見つけた。
私は、とうとう辿り着いたのだ。

確証なんかない。だが、直感が告げていた。
シュカがダーウィンズゲームを始めた——いや、始めなければならなかった理由。
彼女の両親を殺し、平和だった子供時代を奪った仇が、今、彼女のすぐ近くに居ると。

❖

工場跡地へと疾走するハンヴィーの中で、レインはシュカへの呼びかけを続けていた。

　少しでも電波の通りを良くしようと、天井のハッチを開けて、車外へ身を乗り出すが、変わらずシュカからの応答はない。

　一方、カナメが車中からブラックロータスのリーダーに送ったメッセージには、即座に応答があった。

　取引の準備は出来ている。いつでも予定の倉庫に来てくれ。

　それだけの短いメッセージだったが、レインから見ても別におかしなところはない。

　シュカと連絡が取れないのはただの電波障害。ブラックロータス側が見張りも立てていないのは、ただ緩んでいるだけ。そういう風に考える事も出来る。

　だが、レインの中で言語化できない嫌な予感が膨れ上がっていく。

　しかし、ここで取引中止を主張するだけの材料は見つからない。第一、連絡が取れないシュカを放って帰るわけにもいかなかった。

　山道の傾斜が少し緩やかになる。山林が開けて、目標の工場跡地が見えてきた。

　敷地内へのゲートは閉じられているが、シュカからの情報通り、見張りの姿は無いようだった。

「チッ……。ゲートが閉まってんのに、見張りがいやがらねえ。あいつら取引するつもりあるのか？」

　リュージが、合図にとクラクションを数回鳴らすが、誰も出てこない。

「仕方ない。車はここに止めて俺とリュージで行こう。レインはシュカへの呼びかけを続けつつ、俺達の援

護。スイは、周囲を見張れ」

ゲートの手前十mほどの路上にハンヴィーを止め、カナメとリュージが車を降りた。

リュージは、全身を防弾装備に固め、機関銃まで担いだ完全武装だ。一方、カナメは、拳銃一つ持たない丸腰である。

二人が閉じているゲートを調べると、別にロックは掛かっていなかった。

人一人通れる分だけゲートを開け、二人は慎重に工場跡地へと入りこんだ。

ゲートのほど近くにはブラックロータスのものらしいバンが一台停まっていた。

「連中の車か？　ここに来てるのは間違いねえみたいだな……」

「まだ引き金に指を掛けるなよリュージ。罠と決まったわけじゃない」

「ハッ……。お前がそう言うって事は、罠だと睨んでるって事じゃねえか」

「いや、罠にしちゃ臭すぎる。もっと悪いかもしれないな……」

二人は、慎重に建屋へと近づいていく。

その時、建屋の倉庫部分への搬入ゲートに動力が入り、ゆっくりと開き始めた。

「ようやくお出迎えか？　罠だとすりゃ、こっちの位置が悪いな」

防弾装備のリュージが、カナメを庇《かば》うよう前へ出る。

しかし、緊張する二人に、緊張とは無縁の声が、開き始めたゲートの奥からかかった。

「やあ、出迎えもせず悪かった。ちょっとタイミングが悪く立て込んでてね」

ブラックロータスのリーダー、カジは、そう言ってニコリと笑って搬入ゲートの隙間から出てくる。

「いや、こちらも、予定の時刻より早く着いたからな。お互い様さ」

口ではそう言いつつも、カナメは警戒は一切解かない。

「そう言ってくれると助かるよ。さあ、中で品物を確認してくれ」

そう促すカジの笑顔は、あまりにも無邪気だった。

倉庫から出てきたカジを双眼鏡で見たとき、レインが感じたのは言葉に出来ない違和感だった。

とっさに世界関数《ラプラス》を発動するが、武装を隠し持っている様子はなく、挙動にも特段おかしなところはない。

「あれ？　ブラックロータスのリーダーの人が外に出てきましたね……。名前は確か、カジさんでしたっけ……。良かったですね。罠じゃなかったみたい」

運転席にちょこんと座ったスイがつぶやく。

「油断しないでくださいスイさん。いつでも車を出せるように」

スイは、リュージが不在の時に、予備運転手を務める事がある。

もちろん彼女は無免許であり、ペダルに足が届いてすらいないのだが、リュージ以上にハンヴィーを自由に操る。

レインは、無線による通話をあきらめ、Dゲームのアプリによる連絡を試みていた。スマホ画面に立っているアンテナは一本のみで、通話は不通だったが、Dゲームのアプリは、そういう環境でも通信できる事が多い。

シュカからの返信はまだない。

その事自体が、なんらかの問題が発生した事を物語っているのだが、問題そのものは姿を見せない。表面的には、予定通りの取引が開始されようとしている。

レインは、自分の立てた作戦が、あまりにイレギュラーに弱かった事を痛感していた。

取引に問題がないケース、罠であったケースは、当然想定していた。だが、表面的には問題が見えないまま、水面下で確実に問題が起こっている時はどうすればいいのだ？

後悔と焦りに、汗ばんだ手が震える。

冷静になれ。レインは、そう自分に言い聞かせる。

今、自分がやるべき事は、既に実行中の作戦を反省する事でも、連絡が取れないシュカの事をやきもきする事でもない。

違和感。

そう、自分が感じたカジへの違和感は、一体何なのだ？

その正体を探れ。

「スイさん。少しの間、潜ります。周辺警戒は頼みます」

「え!? 潜るって、まさか――」

スイの返事を待たずに、異能《シギル》を全開にする。


内界観測《ラプラス》。


世界関数《ラプラス》の裏モード。

観測し、計算する対象は、外界ではなく、内界。

レインの五感は寸断し、全ての意識が彼女の内側へと向けられる。

瞬間、情報が爆発した。限られた五感で得るしかない外界の情報量など、人間の心奥に眠る莫大な情報量に比べれば微々たるものに過ぎない。

その爆発した情報の全てを世界関数《ラプラス》が貪欲に処理していく。それは、ほとんど異能《シギル》の暴走だった。

レインは、自分の心奥へと潜る。

深く、深く潜っていく。

まるで窒息寸前のような奇妙な陶酔感が彼女を満たす。

問題は、心の海に底など無く。その陶酔感に完全に身を委ねてしまえば、二度とは外界に戻ってこれない事だった。

❖

「――さあ、中で品物を確認してくれ」

そう言って、返事を待たずに倉庫へ戻ろうとするカジを、リュージが呼び止めた。

「待ちな。品物の確認はここでやる。外に運んできな」

「慎重だねえ……。待ち伏せなんてしてないよ？」

カジの言葉を聞いたリュージが、カナメに軽く目で合図する。異能《シギル》『嘘発見器《トゥルーオアライ》』による検査は白。カジは嘘をついていない。

「全部運ぶとなると、僕一人じゃ大仕事だ。出来れば勘弁してもらえないかなぁ……」

「一人？」

「この取引は、言わば僕の独断だからね。クランメンバーには知らせていない。ここには、僕一人しかいないんだ」

リュージは『嘘発見器《トゥルーオアライ》』の反応に軽く戸惑う。カジの言葉のうち『僕の独断』の部分は白、『ここには、僕一人しかいない』も白、だが『クランメンバーには知らせていない』は黒――つまり嘘だった。だが、そこで嘘をつく理由が分からない。

どんな人間でも、嘘をつくとき、少なからず普段と異なる反応を示す。真実と虚偽の二重思考。それは、緊張とストレスをもたらすからだ。人はそのストレスを嫌い、正直でいたがるものであり、理由の無い嘘を好き好んでつく者はまず居ない。

まれに存在する平気で嘘をつく人間とは、ストレスへの感受性が極端に低いサイコパスか、自分でついた嘘を表面的には信じ込める類いの演技性人格のどちらかだが、リュージの『嘘発見器《トゥルーオアライ》』は、そういった類いの人間がつく嘘も容赦なく暴き出す。見抜けないのは、本人が真実として心の底から信じているが、事実がそれと異なるケースだけである。

異能《シギル》の判定によれば、少なくとも、ここにはカジ一人しかおらず、待ち伏せはありえない。これは、外に見張りが立っていなかった事実とも符合する。

ここでこれ以上の問答を重ねても、同盟候補であるカジの心証を悪くするだけの結果になる可能性が高いかと、リュージは判断した。

それに最悪の場合は、異能《シギル》の正体がばれる可能性もあった。リュージの異能《シギル》は、その存在が知られていない時に限って最大の効果を発揮する。リスクは避けたかった。

（仕方がねぇ、ここはカジの言うとおりにするか……）

そう、リュージがカナメと視線を交わした時だった。

『リュージさん、カジの視界から私が外れるように視線誘導頼みます。そうしたら、カジにこう質問してください。お前の名前って何だったたっけ？っと』

耳元に、無線を通じたレインのささやき。

奇妙な要求だった。だが、リュージに戸惑いはない。

レインは『解析屋』なのだ。彼女は今、何かを重要な事を『解析』しようとしているのに違いなかった。

リュージは、カジに向かい、わざとらしくため息をつき言った。

「分かった分かった。俺達も一緒に倉庫の中へ行くぜ。これから同盟を組もうって相手だ、一歩一歩信用していかねえとな」

「そりゃあ助かるよ」

リュージは、カジを促すように倉庫の方へ率先して歩き出す。カジも笑顔を浮かべてリュージの横へとついてくる。

よし、カジの視線がレインの方から切れた。後は——

「ところでよォ……、ちと、ど忘れしちまったんで、聞きたいんだけどよォ……」

「なんだい？」

「お前の名前、なんつったっけ？ 俺、人の名前を覚えるのが苦手でよ」

「あはは、仕方ないよ。良くある名前だし。俺はカジ。Ｄゲームではカジと名乗ってる」

嘘。

リュージの合図。レインは引き金を引いた。

❖

銃声が、シュカを現実へと引き戻した。

銃声は外から。発砲音からすれば、レインの狙撃銃《M24》。

つまり、戦闘が始まったのだ。恐らくは、ブラックロータスの裏切りによって。いや、ここに転がっている男の死体からして、状況はもっと複雑かも知れない。

「レイン！ カナメ！ 状況は!? 何があったの!?」

思わず無線へと叫ぶが、誰からも応答はない。

携帯電話の方も確認する。こちらも圏外。

うかつだった。どうやら、建物に入ってから無線が全て届かなくなっていたらしかった。

ダーウィンズゲームは、常識では考えられないシステムによって運営されているゲームだが、一つだけ妙に現実的なシステム上の脆弱性がある。

圏外ではダーウィンズゲームは動作しない。

ダーウィンズゲームは、スマホの電源を切ろうが、アンインストールしようが、プレイヤーがゲームから離脱する事を許さない。だが、圏外では、良くあるスマホゲームと同様に、何の動作もしなくなる。

ゆえに、クランによっては、所有する物件に電波妨害を施す事があった。

妨害電波による、擬似的な安全地帯《けんがい》。

効果については確実性を疑問視されていて、ただの気休めに過ぎないとも言われていたが、ブラックロータスは、その気休めを信じている類いのクランだったらしい。

外では、いよいよ銃撃戦が始まったようで、断続的な銃声が、ここまで聞こえてくる。

合流を目指すより、このままブラックロータスの後背を突く。

シュカは、一瞬で自分の行動方針を定め、跳んだ。

もしかすると、仇も敵の中に混じっているかも知れない。

　だが、今はただ荒れ狂おう。

　考えるのも、思い出に浸るのも、全てはその後だ。

❖

世界関数《ラプラス》の連続使用で、レインの頭は激しい痛みを訴えている。

　だが、ありもしない幻覚を見るほどの疲労ではない。そのはずだった。

「これから取引して同盟を組もうという相手に、いきなり銃撃は酷いじゃ無いか……。やるならせめてＤゲームを開始してくれよ。それならポイントを稼げるからね」

　１００ｍ以下の距離を外すような彼女ではない。銃弾《7.62mm》は過たずカジの頭部を捕らえ、その頭蓋の半分を吹き飛ばした。

　そう、吹き飛ばしたのだ。

　カジは——カジを名乗っていた者は、その吹き飛ばされた頭のまま、おどけたように両手を広げた。

「Ｄゲームはいいよね。殺せば、殺しただけ、ポイントが得られる。実に分かりやすいゲームだ」

　鼻から上が存在しない顔が、血を滴らせながら、そう口だけを動かす、悪夢のような光景。

　レインは、自分の銃弾がもたらした予想外の結果に、狙撃銃のボルトハンドルを操作して次弾装填《リロード》する事も忘れて呆然とする。レインだけではない。Ｄゲームを戦いなれているはずのサンセットレーベンズの面々さえ、全員動くことが出来ずにいた。

　あれは何だ？

　本当に人間か？

　レインは、戦慄に震える。

確かに、ダーウィンズゲームが与える異能《シギル》は、超自然的な超能力をプレイヤーに与える。だが、脳を吹き飛ばされているにもかかわらず、平然と会話するなど、少なくとも超能力などという次元ではない。完全に人間をやめている。というより生物であるかも怪しいではないか。

「戦闘開始ッ！」

真っ先に立ち直ったのは、やはりカナメだった。号令一声、抜き打った右手には、まるで魔法のように拳銃《ベレッタ92》が握られている。

いや、これはまさに魔法なのだ。

火神槌《ヒノカグツチ》。

カナメが見知った器物を、無から創り出す異能《シギル》。異能《シギル》の専門家と言ってもいいレインをして、破格と断言できる極めてまれな異能《シギル》である。

そのまま、男の無防備な胸部へ、外しようのない距離からの二連射《ダブルタップ》。

「クハッ⁉ この感じ、今度は拳銃で撃たれたかな？ じゃあ、こっちもそろそろ反撃を！」

男は衝撃によろけ、口から血を吐きながらも、大して効いた風もなく身を翻して倉庫へと走る。

「野郎⁉」

それを追って放たれたリュージの機関銃掃射を辛くもかわし、男は倉庫内へと飛び込んだ。

不味い、レインが歯がみする。倉庫内にはブラックロータスがかき集めた大量の武器があるかもしれない。

あの不死身の怪物が機関銃でも持ち出したら、そこからは本当の悪夢だ。

彼女が、即座の撤退を進言しようとした瞬間だった。

四条の黒い光が、倉庫内から放たれた。

シュカの操る鉄鎖が、男の手足を縫い止めて、そのまま倉庫外へ吹き飛ばす。

吹き飛ばした男を追うようにして、シュカがほとんど水平に跳ぶ。

「アアアアアアアッ！」

シュカは、両の手に装備したワイヤーアンカーを、倉庫の外壁に打ち込み、そのまま上空へ飛び上がった。そして、渾身の力を込め、男を縫い止めたままの鎖を振り上げ、そのまま地面に叩き付ける。

大地に叩き付けられ、そのまま楔《くさび》に縫い止められた男の全身へ、止めとばかりに、全ワイヤーアンカーを打ち込みながら、シュカは着地した。

普段はやらない、異能《シギル》の全力使用で、シュカが荒い息をつく。

「さすがに、くたばった……よな……？」

リュージが、自信なさげにつぶやく。だが、機関銃は不安げに男へとポイントしたままだ。

確かに、男は大地に縫い止められたまま、ぴくりとも動かない。

だが、レインも、男が死んでいるかどうか確信が持てなかった。

シュカによるあれだけの猛攻を受けたのだ。全身の骨は砕け、内臓のいくつかが破裂していてもおかしくない。その後、打ち込まれたワイヤーアンカーも、頸動脈をはじめとした、全身の急所を確実に貫いている。

それだけの傷を受けて生きていられる人間はいない。

だが、それを言うなら、初撃である頭部への一撃《ヘッドショット》こそが、致命の一撃だったはずだ。

次いで、二発の心臓への射撃《ハートショット》も、間違いなく致命傷だ。

「シュカさん、そのまま、縫い止めておいてください。その男、まだ動けるかもしれません」

「なんなのコイツ。ホントに人間？ 頭、半分無かったけど？」

「あの私……頭が取れちゃったカマキリが、それでも動いてるの見たことあります……」

スイの場違いな発言に、場の空気が、ようやく弛緩《しかん》しようとした時だった。

ズルリ。

柔らかい何かが滑り落ちるような音を立てて、倒れていた男の姿が突然消える。

手応えの変化を感じたシュカが、鎖で男を持ち上げようとするが、鎖に貫かれていたはずの男の姿はない。

「全周警戒！」

カナメの一声に、シュカとリュージが、瞬時にカナメの両脇を固める。

レインも、痛む頭をこらえて、再度『世界関数《ラプラス》』を発動させた。五感から流れる情報が跳ね上がり、元々激しかった頭痛はもはや耐えがたいほどになる。

だが、頭痛がなんだというのだ。

まさに、今この場所は死線なのだ。

ズルリ。

何かが地面を滑るその微かな音を、世界関数《ラプラス》によって鋭敏化された聴覚がとらえた。

「草むらの中！」

レインの叫びに応え、シュカのワイヤーアンカーが、男がいた草むらを水平になぎ払う。

刈り取られた草が舞い上がる中、『何か』が草むらから跳ねるように飛び出した。

カナメとリュージが、反射的に銃撃を浴びせるが、それは、空中で身をくねらせ、地面にあいていた排水溝の鉄格子をすり抜けるようにして、地中へと消える。

ドポンという水音が、それが、幻ではなく確かな質量を伴った生物だと示していた。

得体の知れぬ『何か』。レインは、それをとっさに形容する言葉を他に持たなかった。

状況からすれば、あれがカジを名乗っていた男であるに違いは無い。つまり、何らかの異能《シギル》による結果を見た可能性が高い。

だが、人間かあれが？

少なくとも彼女は、一度として見たことも聞いたこともない。

全身を、ああまで変化させることが出来る異能《シギル》など。

あれは、もはや巨大な蛇だった、
人面を持つ巨大な蛇。

まるで人肌の様な肌色の鱗が、それが人体から創られたと主張しているようで、一層おぞましく感じられた。

「に、逃げた……のか？」

リュージが呆然とつぶやく。

さきほどの水音以降、排水溝からは何の音もしない。

追撃なり、警戒なりをしなければならない場面にもかかわらず、一同は排水溝に近づくでも離れるでもなく、遠巻きに硬直していた。

カナメが、絞り出すようにつぶやく、

「何なんだよ、あれは……。異能《シギル》使いって次元の生き物じゃなかったぞ……？」

「ほとんど、蛇みたいだったよね……気持ち悪い……」

大抵の事には動じないシュカも、流石に顔をしかめている。

「とにかく、警戒を続けるぞ。あんな狭い排水溝に入り込めるとすれば、どこから飛び出してきてもおかしくない……」

「あ、それは多分大丈夫だと思います……！　今、マップサーチを使って、位置を確認しましたので！　敵は、すごい勢いで遠ざかっていきました！」

どこか暢気に響くスイの声。だが、内容はこの上なく朗報だった。

Ｄゲームのマップサーチは、対戦相手の大まかな位置を知ることが出来るだけで十ｍ程度の誤差は平気で出る。だが、完全に逃げ去ったとなれば、間違いは無かった。

「スイさん、あの状況でよくＤゲームを操作する余裕がありましたね……」

呆れたようにレインは言ったが、今回ばかりは、スイのマイペースな行動に救われたと心底感謝していた。

「ほら、カジさん。あの敵の人が、どうせ戦うならＤゲームを開始してくれって言ってたじゃないですか。その方がポイントとか貰えるからって。私も、その意見はもっともだな！　って思って……」

「つまり、カジ――いえ、リュージさんの異能《シギル》によれば、カジではなかったのですが――あの男にエンカウントバトルを挑んだんですか？」

「えへへ、私達の勝ちですよ！　Ｖ《ブイ》！　ですね……！」

レインの顔に、思わず笑みが浮かぶ。確かに、これでサンセットレーベンズに勝利ポイントが入る。だが、そんなことはどうでもよくなるほど、大きなものをスイは我々にもたらした。

「あ、でも対戦ログを見ると、相手プレイヤーネームは、やっぱりカジって出てますね……。やっぱりカジなのですかね？」

対戦ログ。

我々が戦わなければならない敵の正体への貴重な手がかり。

つまり、あの男は、カジであって、カジではない。

「スイさん……よくやってくれました……。この上なくグッジョブでしたよ……」

レインは、そうつぶやくと、ここまで必死に保っていた意識を全て手放した。

❖

その男は蛇体をくねらせて、下水の中をトり進んでいた。

数日前に降った雨のせいで、下水にはかなりの水量が流れていて、逃げ去るには絶好だった。

逃げる。そう、自分は逃げている。

こんな敗走は、いつ以来だろうか？

そして、人間以外の姿に変じるのも。

逃げたとは言っても、そこまで劣勢だったわけではない。

だが、あの鎖使いの少女。あの少女の攻撃だけは、ほとんど不死身とも言える男を、わずかに殺しうる可能性があったのだ。

その状況で無理して戦い続けるなど流儀では無い。

別に、負けた悔しさなどは男にはなかった。そういった青臭い感情など、とっくの昔に摩耗している。

戦えば、どちらかが勝ち、どちらかが負ける。それだけの事だ。

生きてさえいれば、殺すチャンスなどいくらでもある。そう考えれば、一時の敗走など最終的な勝利を際立たせるスパイスみたいなものだ。

男が感じていたのはむしろ愉悦だった。

強敵を殺す事こそ、男のすり減った心に、唯一の快楽をもたらす。

それに、最後でしくじりこそしたが、今日は収穫が多かった。これ以上の結果を望むのは過ぎた欲望というべきだ。

（しかし、サンセットレーベンズか……）

拳銃を使ったリーダーの少年と、車上にあり私の位置を見破った少女にははっきり見覚えがある。間違いなく、喫茶店へ偵察に来ていた二人だ。

どうやら、あの時の予感の通り、あの二人とは戦う運命にあったらしい。

そして、その二人以上に心をざわつかせるのが、鎖使いの少女だ。

あの見事な死角からの不意打ち。躊躇《ちゅうちょ》も奢りもない、相手の息の根を止める事だけを追求した一撃は、美しくすらあった。

男は、その見事な攻撃を思い返して、ふと気づく。

あのシュカと呼ばれていた少女、どこかで覚えがある。

もちろん名前は知っていた。ダーウィンズゲームのトップランカーの一人の名を知らないはずもない。だが、そういう事ではない。

そして、顔立ちの事でもなかった。男は、その異能《シギル》のせいか、もともとの性質か、相手の容姿に関する記憶は飛び抜けており、一度見知った顔を忘れることは決してない。

男は気づいた。

気配だ。

あの少女がまとう、苛烈とさえ言える気配には、どこか覚えがある。

一体どこでだっただろうか。

まあいい。男は、追憶へと沈みそうになる自分を現実へと引き戻した。今は、あのクラン――サンセットレーベンズをどう処するべきか考える方が先決だ。

滅ぼしてもいいし、クランごと乗っ取るというのも悪くは無い。

男は、わずかに残した人間部分――蛇体についたその人面に無意識の笑みを浮かべ、一心にその蛇体をくねらせた。

❖

レインがアジトで目を覚ましたのは、それから三日後の朝だった。

どうやら、丸二日以上意識を失っていたという事のようだ。

やはり、世界関数《ラプラス》の連続使用――特に裏モードまで使用した反動は大きかったらしい。

レインは、スイにその後のあらましを聞きながら軽く食事を取った後、大事を取って自室に

て身体を休めていた。

あの謎の男は、その後は姿を現すことはなかったようで、皆は倉庫内に残されていた大量の武器類を頂戴してから撤収したらしい。

ちゃっかりしている。

レインは、フフッと一人笑った。そういう図太さがなければ、ダーウィンズゲームでは生き残れない。自分が気絶している間も、仲間達はきっちりと仕事を果たしていたらしい。

しかし倉庫に武器が残されていたとなると、カジはまともに取引を行うつもりで、その倉庫で待っていた可能性が高い。

問題は、シュカが見つけた、倉庫内に残されていた男の死体であった。

こちらの死体も、間違いなくカジ――サンセットレーベンズのアジトに訪れ、取引を持ちかけた当人で間違いなかった。

つまり、あの倉庫には、私達を襲った男と、既に死体になっていた男、全く同じ名前と姿を持った二人のカジが存在していたことになる。

リュージの『嘘発見器《トゥルーオアライ》』による判定を信じるなら、私達を襲った方が偽物で、死んでいた男こそが本物のカジだったという事になるが……。

Dゲームのプレイヤーネームは、1ポイントの支払いで何度でも変更可能だし、他のプレイヤーと同一のプレイヤーネームも許される。だから、カジというプレイヤーネームを持つ人物が二人いる事自体はおかしな事では無い。しかし、姿形まで区別が付かないとなると……。

世間の常識ならば、まず双子を疑うところだろうが、Dゲームの常識に基づいて考えるなら、異能《シギル》という事になる。

自在に姿形を変える事が出来る異能《シギル》は、いくつも確認されている。

顔立ちそのものを変化させる肉体変化系異能《シギル》『仮面男《カメレオンマン》』。

空中に様々な幻覚を投影する事が出来る光学系異能《シギル》。特に動く幻影投影に長けた『仮装行列《ハロウィンパレード》』。

または、暗示によって、認識そのものを操る精神操作系の異能《シギル》の類いを使えば、我々に別人をカジだと思い込ませる事が可能だろう。

だが状況からすれば、暗示や幻覚ではなく、肉体を変容させるタイプの異能《シギル》だったと考えて間違いない。

身体の一部ではなく全身を変化させる肉体変化系異能《シギル》はかなり珍しいが、そこまではいい。

だが、あの不死性は何なのだ？

あの男は、脳と心臓を銃で撃たれても平然と動いてた。

まさか、脳髄や心臓の位置を、異能《シギル》で変更していたとでも言うのか？

肉体の表面だけで無く、内部まで自在に操る異能《シギル》だと？

そもそも、脳髄や心臓の位置を変更などして、肉体は問題なく機能できるのか？

そういう異能《シギル》なのだと考えるしか無かったが、さっきまで異能《シギル》の使い過ぎで丸二日寝込んでいたレインにはよく分かる。

与えられた異能《シギル》をただ使うのと、自分の物として異能《シギル》を使いこなすのは、全く別の話なのだと。

強力な異能《シギル》は、良く切れる名刀と同じだ。

いたずらに使えば、自らを傷つけるだけの結果に終わる。

発火能力者《ファイアスターター》が、自らが付けた火に巻かれて死んだ話なんてまだマシな方だ。

例えば、強力な念動力《サイキック》を得たプレイヤーが、寝ている最中に自分の首を念動で握りつぶして死んだという話がある。その首筋には、まるで、誰かに首を絞められたかのような手形かハッキリと残っていたという。

肉体を変容させる異能《シギル》を得たとしても、下手な変化を肉体に施せば、まともに機能しなくなるのがオチだ。目で見える部分ならともかく、神経系や循環系などの臓器までいじるなど、正気の沙汰とは思えない。一つ間違えただけで即死だ。

だが、あの男は、間違いなくそれをやり遂げたのだ。

レインは、どうやら自分たちが、極めてやっかいなプレイヤーを敵に回しているらしい事に、暗澹《あんたん》とした。

確かにＤゲームのシステム上では勝ったが、実際は相手が逃げてくれただけで、辛勝と言うのもおこがましい。むしろ全ての攻撃が通用しなかったという敗北感の方が強い。

ただ、あの男とは、どちらかが死ぬまで戦う運命にある。レインにはそういう予感があった。

こういう悪い予感だけは良く当たるのだ、私は。思わずレインは自嘲する。

ソロの情報屋をしている頃だったら、間違いなく逃げの一手だ。

だが、ようやく手に入れたサンセットレーベンズという巣を守る為には、ここで逃げるわけにはいかなかった。

もし私が、今後もサンセットレーベンズのメンバーとしてあろうとするなら、覚悟を決めなければならない。

彼女は、そっとその身を起こした。

❖

「一体どうしたんです？　二人とも。難しい顔をして」

「レインか。体は、もういいのか？」

レインが、娯楽室に入った時、カナメとリュージがビリヤード台に寄りかかり険しい顔をしていた。

　どうも、ナインボールでもやっていたらしいが、二人とも身が入らないらしく、キューを放り出して何事か話し合っていたようだった。

「体はもう大丈夫です。ご迷惑をおかけしましたです」

「いや、無理して異能《シギル》を使ってくれたんだろう？　あの時、レインが、あいつの正体を暴いてくれなかったら、ヤバい事になってた。俺達の方こそ礼を言わなきゃな」

「だな。あの化け物には肝が冷えたぜ、全く……」

「終わったような事言うなよリュージ。あいつまだ生きてるんだぜ……？」

「そうなんだよなァ……」

　二人が、顔を見合わせてため息を突く。

「あの、それで、二人は何の話をしていたんです？　どうも話の腰を折ってしまったようですが……」

「いや、あいつの話にゃ違いねえんだけどよぉ……」

「まあ、そうだよな……。例のカジの話なんだ……」

「例のカジ……。それって、どっちのカジの話です？　死んでた方ですか？　それとも化け物の方？」

　再び、二人が顔を見合わせる。二人ともすっかり困惑の表情だ。

「それが、俺達にもよく分からねえんだよ……。俺は、俺自身

の異能《シギル》で、あの化け物はカジを名乗る偽物だと見破った。つまり、シュカが見つけた死体の方が本物のカジの筈《はず》だよなァ……？」

「はい。私もそう思いますけど……。それがどうかしたんですか？」

カナメは、少し思案した後、スマホを取り出し操作し出す。

「レインなら、何か分かるかも知れないな……。つーか、俺にはもう何が何だか……。実は昨日、死んだ筈《はず》のカジからメッセージが届いたんだよ……」

「……は？」

「Ｄゲームのアプリは、仮にスマホ奪われたとしても他人には操作できない。その筈《はず》だよな？」

その通りだった。ダーウィンズゲームのアプリは、そういう超常的なセキュリティが掛かっている。

「間違いありませんよ。そんなのクラン内でも散々確かめたでしょう」

「だとすれば、このメッセージを送ったのは誰だ？」

困惑するレインに、カナメがスマホ画面を見せた。

そこには、Ｄゲームアプリを通じたカジからのメッセージ――サンセットレーベンズとカナメの卑劣な裏切り行為と、略奪の無法を糾弾し、ブラックロータスはサンセットレーベンズへ宣戦を布告する旨が表示されていた。

❖

「悪い事に同じ様な内容が、Ｄゲームのオープンチャンネルにも流されてる。今んところ、みんな半信半疑ってところだが、さっそく同盟交渉にも影響が出始めた。しかも部分的には真実が含まれてるから、タチが悪ィ……」

リュージがほとほと困り果てた様子でうなだれる。

「こうなると、慰謝料代わりに倉庫の武器をかっぱらったの、ちょっと後悔だよなァ……」

「いや、かっぱらうだろ普通……。それに、どっちみち宣戦布告はされてたろ。あの武器の山が相手に使われないだけマシだと考えようぜ……」

二人の口調は、もはや愚痴に近い。

シブヤ統一を前にして、後背に強力な敵が出現。こちらの評判を毀損するプロパガンダのおまけ付きという事なのだから無理もなかった。

そのまま、二人は次のフラッグゲームにおける作戦について、議論を始めてしまう。

レインはというと、一人考え込んでいた。

ただ、考えていたのは、二日後に迫ったフラッグゲームの事でも、ブラックロータスの事でも、あの化け物の事でもなかった。

シュカが見つけた死体の事。

本来、死んだプレイヤーの事など、ダーウィンズゲームでは重要ではない。死んだプレイヤーは、もう敵にも味方にもならないのだから。

だが、レインの心に引っかかるのは、その死体の事だった。

本物のカジしか送信できないメッセージが、その後送られてきた以上、その死体が本物のカジの死体だったのかどうか、もう分からなくなってしまった。

だが、あそこに一人の死体があった事は間違いない。

リュージが写真に残していた、死体に残された傷の事を思い出す。

胸部に五つ並んだ、小さいが深い奇妙な刺し傷。

レインは考える。そもそも自分は、何でブラックロータスに興味を持ち、偵察に向かったのか。そうだ。情報屋時代の情報網からもたらされた手がかりだ。

ブラックロータスに最近加入した奇妙な老人。

シュカの依頼――手の指を刃物に変形させる異能《シギル》を持つ老人の捜索依頼。

あの死体が、誰かなのかは分からない。それについてはもういい。既に死んだプレイヤーの事などダーウィンズゲームでは重要ではない。

だが、あの死体は、誰によって殺されたのか？


「フーリ……」

レインは無意識につぶやいた。

今度のフラッグゲームは、今までのように簡単にはいかないだろう。恐らくは死闘になる。

世界関数《ラプラス》による予測などではない。ただの予感だった。

だが、私は悪い予感ほど良く当たる。そう自嘲する。


三日前の戦いで強く実感した。サンセットレーベンズは良いクランだ。

あの状況下から、怪我人も出さずに生還するのは簡単なことではない。

カナメのとっさの判断力と行動力、そして意志の強さは、リーダーとして申し分ない。

戦闘では、シュカほど頼りになるプレイヤーはいない。あの情け容赦の無い少女を敵に回す相手プレイヤーには同情を禁じ得ないほどだ。

リュージは、あれで人生経験が豊富で、あの便利な異能《シギル》抜きでも交渉事には欠かせない。

スイだって、ただのムードメーカーでは収まらない謎の行動力がある。それに異能《シギル》のポテンシャルだけならクランで一番かもしれない。

客将である雪蘭《シュエラン》と、士明《シーミン》の事を抜きにしても、これだけタレントが揃えば、もしかすると、カナメの掲げる『ダーウィンズゲームの完全クリア』も絵空事ではないかもしれない。

しかし、果たして自分はその一員に相応しいと言えるか？

三日前の戦い、クランを苦境に陥らせたのは、自分が立てた作戦のミスが原因だ。

確かに自分には、『世界関数《ラプラス》』という、比類無い解析能力が与えられた。

その力はまさに『ラプラスの悪魔』――18世紀の数学者、ピエール＝シモン・ラプラスが語った架空の知性――『ある瞬間における全ての物質の位置と運動量を知る事ができ、それら全ての情報を解析するだけの能力を持つ』全知の存在に似たものだ。

だが、所詮は似ただけの紛い物に過ぎない。

異能《シギル》によって拡張された五感をもってしても、得られる情報はあまりにも少なく、現実世界は変わらず霧に包まれたままであり、情報の解析にしたところで、有限な時間と脳という限界に縛られている。

大体、量子力学によれば、『原子の位置と運動量を同時に知ることは出来ない』のだから、『ラプラスの悪魔』などとっくに否定されているのだ。

とっくに否定された『ラプラスの悪魔』。

その紛い物。

武器は頼りない、紛い物の悪魔。戦うのは、逃げ専を自任する臆病な私。

勝ち目は薄い。それこそ『世界関数《ラプラス》』で解析するまでもない。

だけど、今回ばかりは逃げるわけにはいかなかった。

持てる情報を解析し、クランが勝つ為の方策を得る。それが、他ならぬ私自身が課した、サンセットレーベンズにおける私の役割だ。

レインは、自分にしか出来ない戦いへ挑む事を決めた。

第三章

第三章

　フラッグゲーム。

　それは、ダーウィンズゲームのクランが、エリアの支配権を奪い合う特殊なクランマッチである。

　それぞれのエリアに一本のみ設置出来るクランフラッグを先んじて設置したクランが、そのエリアの支配権を得るというルールだ。そして、既に確立された支配権を奪う為には、設置済みのクランフラッグを破壊した後、自分たちで新たなクランフラッグを設置する必要があった。

　フラッグゲームは、概ね週一回のペースで定期開催される。

　開催中の一時間のみ、クランフラッグの設置と、他クランのクランフラッグへの攻撃が許可される為、あらゆるクランが、次のゲームに備え、フラッグの防衛と攻撃に関する作戦を練るのである。

　現在、サンセットレーベンズは、北東・北西・南東・南西の四つのエリアからなるシブヤの内、既に三つのエリアを支配し、残る南東エリアを巡って、周辺のクランと争っていた。

　サンセットレーベンズが、南東エリアの支配権をまだ確立できないでいる最大の理由は、クランフラッグを設置するのに向いた物件の確保に時間が掛かっていた為である。

　クランフラッグは、ダーウィンズゲームのクランメニューから１００ポイントで購入できるゲームアイテムで、見た目は30㎝程度の金属製の小さな旗である。金属製ではあるものの、銃弾程度で簡単に破壊できる程度の耐久性しかない。フラッグの位置は、フラッグゲームの開催中なら全プレイヤーがマップで簡単に確認できる為、出来るだけ破壊されにくい設置場所を選ぶ必要があるのだ。

そして、リュージが、ようやく契約にこぎ着けた、地下階を持つ小さな雑居ビル。その雑居ビルを要塞化する工事が完成したのが、ようやく今日である。

既に、次回フラッグゲームの開催は翌日にまで迫っていた。

❖

「それじゃ、この条件で合意って事で良いんだな？」

リュージが念を押すように、クラン『THS《ツインヘッドシャーク》』のリーダー、ワダツミに聞いた。場所は、THS《ツインヘッドシャーク》の本拠である小さな雑居ビルの一室だ。乱雑に散らかっているが、ローテーブルを挟んでソファーが向かい合わせに置かれており、一応は応接室らしい。

「おーけー、おーけー。一ヶ月限定の不可侵条約な。それならこっちとしても悪くねえ話だよ」

ワダツミは、その厳つい顔に似合わぬ軽い調子で言った。

巨漢だ。190cm近い長身で、その胸も腕も筋肉で分厚い。

「つまり、一ヶ月の間に、おたくらはシブヤを抑え、俺らはミナトエリアを統一。その後に、改めてやり合おうって事だろ？」

そう言ってニヤリと笑う。

「確かに、俺らサンセットレーベンズは、シブヤの外にゃ興味はないけどな。でも、スギナミをくれるってんなら、遠慮はしないぜ？」

不貞不貞しいワダツミの軽口に、カナメがクギを刺すように応える。

「なんだよ、思ったより強欲だなサンセットレーベンズも」

「よく言うぜ、おい……」

「じゃあ、契約だ。証拠金は互いに200ポイント。異存は？」

「ねえよ。契約だ」

カナメとワダツミが、双方のスマホを操作し、不可侵条約を結ぶ。

シャラランと、契約成立の効果音が双方のスマホから鳴るのを確認すると、カナメは立ち上がる。

「なんだよ、もう行くのか？ 同盟の祝いに一杯おごるぜ？」

「随分のん気だな。明日はフラッグゲームの当日だっつーのに……」

「ま、同盟仲間だ。しばらく仲良くやろうぜ」

変わらず軽口を叩くワダツミに呆れつつ、リュージも立ち上がる。

仲良くか。

ダーウィンズゲームじゃ、それが一番難しい。『嘘発見器《トゥルーオアライ》』という異能《シギル》を持つリュージには、痛いほど分かる。

ダーウィンズゲームは、プレイヤー間ではよく『Dゲーム』と呼ばれている。

これはダーウィンズゲームの事を公表する事を禁じた規約による、自然発生的な隠語であり、『ダーウィン』のDと、『デス』のDのダブルミーニングにもなっている。

ただ、ダーウィンズゲームがいわゆるデスゲームとは違うのでは無いか？ とリュージは以前から疑問に思っており、それは、殺しを嫌うカナメやレインと行動を共にするようになってから、確信に変わっていた。

プレイヤーが一般に信じている事とは異なり、ダーウィンズゲームに殺人を強制するようなシステムは一切存在しない。

それどころか、ゲーム内ＦＡＱに『ダーウィンズゲームの運営はプレイヤーの殺人行為を推奨しません』などという、人をおちょくったような一文すら存在する。

これは、どう見てもブラックジョークではあるが、同時に一面の真実であると、今のリュージは考えていた。

実際、対戦を挑まれても時間制限いっぱい逃げ切れさえすれば、ほとんど挑まれた側の判定勝ちになるし、対戦には降参《サレンダー》が認められており、たとえ負けたとしても、ポイントが奪われるだけで、命まで取られる事は無い。ポイントを全て喪ったプレイヤーが、システムによって排除されるシステムこそあるが、それ自体はプレイヤーに何の利益ももたらさない。

ただ、殺した場合に相手が持っているポイントを全て奪う事が出来る短期的な利益と、対戦相手に反撃される恐怖が、ダーウィンズゲームをデスゲームへと変えているのだ。

これを、ゲーム理論では、『囚人のジレンマ』と言うのだと、以前レインが言っていた。

囚人のジレンマとは、以下のような状況だ。

①囚人二人が、事前の約束通りお互い黙秘を貫けば、お互い懲役二年。

②囚人のどちらかが、相手を裏切って司法取引すれば、自分は無罪、相手は懲役五年。

③両者がどちらも裏切って自供すれば、お互い懲役三年。

こういう条件の時、囚人の二人併せた利益がもっとも高まるのは、互いに黙秘する①のケースだが、往々にして、どちらも裏切る③の選択をする。自分だけが相手を信じて裏切られる②のケースになれば、裏切られた方は大損をしてしまうからだ。

つまり双方がリスクを避ける事で、全体では最大の損になる均衡状態に陥るのだ。これをゲーム理論で

『ナッシュ均衡』と言う。

信頼とはリスクなのだ。

勇気を持って相手を信頼してみろよ。お前に出来るものならな。リュージには、このゲームの制作者が、そういってプレイヤーを嗤っているように感じられる。

ダーウィンズゲームの制作者——ハッカーだか、宇宙人だか、あるいは神様だかは、間違いなく最悪な性格をしている、それだけは確かだろうよ。リュージは、いまいち信用しきれないワダツミの顔を思い出しつつ、カナメとアジトへの帰途へついた。

❖

レインにとって、そこは豊穣な光の海として感覚される。

(内界観測《ラプラス》)


潜る。

深く、深く、潜っていく。

海面から遠ざかるにつれ、辺りは暗く青みがかっていく。

いつもなら、この辺りが引き返し時だ。しかし、今はさらに深く。

さらに、さらに、水底へ。

異能《シギル》がもたらす、陶酔感、全能感がレインの心を満たしていく。

不意に、周囲が明るくなる。

本来、深海には届かないはずの光で満ちた、純粋な情報の海。

ここは、全ての人間に存在する心の水底《みなそこ》だった。

ここには、レインの心にある全てがある。

否、それ以外の全てすら。

彼女には分かる。

多分、人の心の奥底は、どこかへと繋がっているのだ。だから、この様に色と光に満ち、生命に溢れているのだと。


（入った……）

レインが、この深度まで潜る事はめったにない。

この海にたゆたうのは、たまらなく心地よい。だが、危険なのだ。

ここには、全ての情報がある。だが、言うなれば情報しかないのだ。

今の彼女には、自我の輪郭を形作る肉体がない。

この無防備な状態で、膨大な情報だけを浴び続ければ、自己はたやすく消滅する。人の精神にとって、膨大な情報とは毒と同じなのだ。

この海で、溶けるように自己を失ってしまえば、二度と外界へと戻る事が出来ないだろう。そうなれば、廃人の仲間入りだ。

しかし、それだけの危険を冒してでも、ここに潜る事には価値があった。

ここには、外界に溢れるノイズや、肉体的な制約が存在しないという事も大きいが、それだけではない。

ここで情報解析を行うと、レインの知識、思考の限界を超えた結果が出る事があった。

この世界には、自己の中にある情報だけではなく、何らかの外部データベースからの情報が流入しているのではないかと、レインは考えている。だからこそ、ここには自己の境界線が容易く溶解する危険性と、自己の限界を超えた解析が出来る可能性が同時に存在するのではないのだろうか、と。


真実がいずれにせよ、危険である事に違いは無い。あまりのんびりしている訳にはいかなかった。

自己の輪郭を強く意識し、目的を再確認する。

翌日に迫ったフラッグゲームで勝利し、サンセットレーベンズによるシブヤエリア統一を果たす。

カナメがレインに求めたのは、その為の作戦だった。

昨日のうちに、基本的な作戦は既に立案し、全員で共有を済ませてある。だが、どうしても拭いきれない不安材料があった。


カジ。いや、カジを名乗っていた男。

不死身とも思える異能《シギル》で、サンセットレーベンズを襲撃し、逃げおおせた男。

次のフラッグゲームで、この男が、最悪の敵としてサンセットレーベンズの前に立ちふさがる事は間違いなかった。

次こそは、この男に勝利しなければならない。

(とにかく、二人のカジ。この謎を解かなければなりません)

殺された男と、殺した男。

我々に友誼《ゆうぎ》を求めた男と、戦いを望んだ男。

正直だった男と、嘘をついた男。

本物と、偽者。

この謎に、この男に勝つ為の鍵が隠されている。レインはそう考えていた。


まず、全ての前提となる基礎情報を定める。

それは、我々に戦いを挑んで来た男は偽者である、という事だ。

リュージが異能《シギル》で見抜いた、男の嘘。それこそが推論の前提となる。

その人間の自己認識に関する言葉において、リュージの異能《シギル》『嘘発見器《トゥルーオアライ》』による判定は絶対だ。リュージ自身は、少し自信をなくしていたが、レインは引き続き強く信頼していた。

つまり、二人のカジの内、建物内で既に殺されていた男が本物であり、我々と戦った男が偽者という事になる。

もちろん、両方とも偽者であるという可能性は否定できない。だが、偽者が二人いたと考えるよりは、本物と偽者が一人ずついたと考えた方が、可能性が高いのも事実だ。

現実は、名探偵が華麗な推理を披露するミステリー小説とは違う。論理は、演繹的推論だけではなく、帰納的推論も用いるべきだった。

確かに、演繹的推論は、必ず前提から演繹される正しい結論に至る。つまり、前提が間違っていれば、間違った結論を出すという事だ。

そして、外界とは霧に包まれたように不確かで曖昧なものであって、百パーセント正しい前提を得る事などそもそも不可能なのだという事を、レインはよく知っていた。

だから大事なのは蓋然性だ。

出来るだけ高い蓋然性を持つ推論を得る事。

世界関数《ラプラス》を使いこなせさえすれば、達成できる筈《はず》だった。

ただ、世界関数《ラプラス》が、仮に99%という推論を弾きだしたとして、その99%の上に、自分を含めたサンセットレーベンズ全員の命をチップとして載せられるかは別の問題だった。

レインが、どんな推論を話したとしても、最終的に判断するのはカナメだ。

そして、もし世界関数《ラプラス》での推論が間違っていたとしても、カナメは私を責めないだろう。

でも、他ならぬ私が、決して私を許しはしないだろうと、レインは思う。

この不確実な世界に、絶対の保証なんてどこにもない。

結局、最後は、不確実性という霧に包まれた悪路に踏み込んでいかなければならない。

それには多分、勇気と呼ばれる物が必要だった。

レインは、あまりその言葉が好きではない。なにせ持ち合わせが少ない自覚がある。

サンセットレーベンズで、意気地無しは自分ぐらいじゃないだろうか。

あの尊敬すべき仲間達は、どいつもこいつも、直感と情熱で生きているような連中で、こっちが、冷静と論理を駆使してようやくたどり着いた結論を、一瞬で軽々飛び越していってしまう。

あの臆病なスイにさえ、思い切りの良さに仰天させられたばかりだ。


いいだろう。

勇気の持ち合わせがないなら、かき集めるまでだ。

心の奥底を、総ざらいしてでも。

過去や未来から、借り集めてでも。

ふと、こういう必死なのは自分らしくないなと思う。

自分は、こういう柄じゃなかったはずなのに。いったい何で？

（ああ、そうか……失いたくないんだ……）

ようやく気づく。

どうやら、思っていたより、サンセットレーベンズの仲間達は自分にとって大事らしい。

自分らしくはない、らしくはないが、悪い気分ではなかった。

レインは、その気持ちを頼りに、かつてない深度への潜行を開始した。

❖

「カナメー！　デートしよー！」

シュカは、不意打ち気味にカナメの首根っこに後ろから飛びつき、そう甘えた声で言った。

「今からか⁉　明日はフラッグゲームだぞ⁉」

食堂で、リュージと昼食後のコーヒーを飲んでいたカナメが、驚いた顔でこちらを振り返った。

カナメと明日の作戦について確認していたリュージが、非難めいた視線を向けてきたので、シュカはジロリと睨み付ける。

リュージが視線を逸らす。

よし。

「いいでしょ？　観たい映画があるの！」

どうも最近、少しだけ眠りが浅くて、頭の奥がちょっとモヤモヤしている。いや、モヤモヤしているのは、心の方だろうか？　とにかく多分、ストレスが溜まっているのだ。

　こういう時は、好きな男の子に思い切り甘えるべきだとシュカは思う。

　明日は、重要な戦いなのだから、心のメンテナンスは、むしろ義務みたいなものじゃないだろうか。

「分かった……。まあ、どうせもう明日の作戦は決まってるしな。じゃあ、少し支度してくるから」

「やったー♥」

　そう言って立ち上がったカナメを見送ると、シュカは、スマホで近くのシネコンでかかっている映画を調べはじめた。

「うーん。何、観よっかなぁー」

「おいおい、観たい映画があるんじゃなかったのかよ……」

「あ、これなんか良さそうかも……」

「それ糞イマイチだったぞ。そのシリーズは3《スリー》までだな。完全にマンネリ」

　リュージが、聞いてもいない事をごちゃごちゃ言ってきてうるさかった。

　この男はなんなのだ。まさか混ぜてほしいのか。意外と映画とか好きなのか。

　シュカが、リュージの余計なアドバイスをスルーしつつ、さっさと席を二つ予約したところで、軽くジャケットを羽織ったカナメが戻ってきた。

「お待たせ。で、何観たいの？」

「このシリーズの四作目！　もう席取ったから！」

❖

「正直、いまいちだったな……」

「だねー」

二時間後、シュカとカナメは、シネコン近くのカフェにいた。いきつけの店だ。

シュカは、映画と言うより、観終わった後のこの時間が好きだった。

少しの間、現実から解放してくれた物語について、好き勝手な事を語り合う。それは、とても自由な事だと彼女は思う。

「やっぱり、前作までで製作を止めときゃよかったんじゃねえかな」

「前とテーマも完全に一緒だったしね。でも新しい主人公の女の子は結構好きだったかな……」

「そう？」

「うん。ちょっと共感出来る気がする」

「あー、共感かぁー」

カナメは、まだ手を付けていなかったケーキをつつきつつ、何かを思い出すように、遠い目をした。

その表情が、なんだか寂しそうでドキリとする。

こういう不意打ちは少し困る。

そういえば、この少年の事を好きになったのはいつの事だったろうか。

最初は、ちょっとした興味だけだったと思う。

たまたま、ダーウィンズゲームの新人リストに名前を見つけて、ダーウィンズゲームのシステムが勝手に作るアバターのイラストが、ちょっと可愛かった。確か、その程度だった気がする。

でも、新人ばかり狙うタチの悪いプレイヤーに狙われたのに、カナメが返り討ちにした。それで、ちょっと興味を持って声を掛けたのだ。

それで、情報交換を申し出て、誘い出した。

別に、戦うつもりはなかった。大体、初戦から無傷の49連勝を積み上げて既にトップランカーの一人として君臨していた自分と、ようやく初戦を突破しただけの新人。勝負になるはずもない。

だから、戦いになったのはただの流れだった。そして、それは負けようのない戦いのはずだった。

カナメの異能《シギル》『火神槌《ヒノカグツチ》』は、そのポテンシャルこそは高かったが、あの時のカナメは使いこなすどころか、自身の異能《シギル》について、その存在すら知らなかった。

対するシュカの異能《シギル》『荊棘の女王《クイーンオブソーン》』は、ただでさえ強力な念動系異能《シギル》で、かつ紐状の物体に特化した能力だった。念動系異能《シギル》は、特化すれば特化するほど、その速度とパワーの両方が強まる傾向がある。荊棘の女王《クイーンオブソーン》は、その中でも極めて高レベルな異能《シギル》と言えた。

荊棘の女王《クイーンオブソーン》の力は、シュカに良くなじんだ。

それこそ、呼吸をするように自然に、生まれたときから出来た事のように。

シュカは思う。実のところ、異能《シギル》とは、ダーウィンズゲームから与えられる物ではなく、引き出される物なのではないか、と。きっと、人の中には、その人自身が立ち向かわなければならない困難を克服するための力が、必ず眠っているのだ。

シュカは、荊棘の女王《クイーンオブソーン》に適した武器を考案し、また、異能《シギル》を使いこなす為の訓練を欠かさなかった。自分より異能《シギル》を使いこなしているプレイヤーは、そうはいない。そして、その戦績は、これが自惚れではなく、客観的な事実であると証明していた。

シュカは今から振り返っても思う。あの日のカナメと、あの時の自分。仮に百戦したとしたら、その内、九十九回は自分が勝つだろうと。

だけど、あの日、負けたのは自分の方だった。

シュカは、あの時、死を覚悟した。

だけど、殺されなかった。

カナメの甘い、お人好しな判断。

実際、あの後、カナメの寝首をかこうと思えばいくらでもチャンスがあった。

でも、シュカも殺さなかった。

あの日の戦い。確かに、自分には油断や奢りがあったのだろう。

だけど、仮に、もう一度やり直したとしても、きっと同じ結果になると思う。

ただ相手を殺す為に戦っていた自分と違って、カナメは生き残る為に戦っていた。そして、二人で生き残る事をカナメは望んで、その道を示した。

百戦して九十九回勝つ相手。だけど、残るたった一つの敗北は、必ず最初の戦いになる。

多分、そういうのを運命と言うのだと、シュカは思うのだ。

「シュカ。これから、どうする？ カラオケでも行く？」

「ううん。今日はいいかなー。それより、二人で街を歩こうよ」

そう言って、立ち上がる。

殺す為の戦いは、次で最後にしよう。

もし、生き残れたら、それからは、この少年と共に生き残る為に戦うのだ。

シュカは、そう決めると、思い人の左手に指を絡めた。

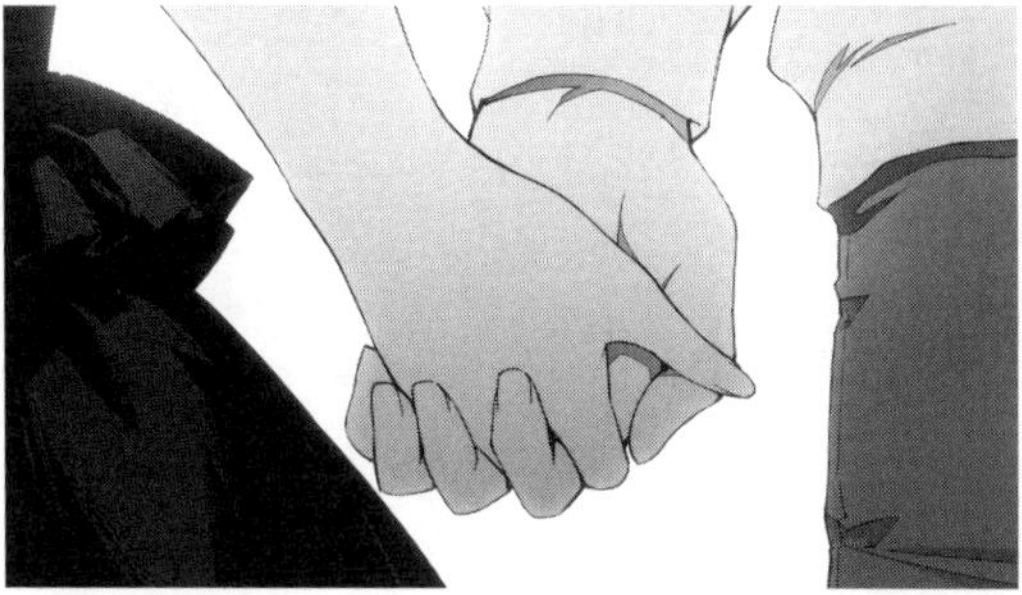

❖

結局、レインがフラッグゲームへ向けて用意した作戦はシンプルなものだった。

まず、カナメとシュカの二人が、主攻として南東エリアのフラッグを折りに行く。そして折った後は、そのまま機動防御に回る。

リュージとスイは、フラッグを折ると同時に、南東エリアに用意した新拠点にこちらのフラッグを設置して拠点防御。

レインは、本拠にて管制による支援と本拠地の防衛を行う。

つまり、本拠と南東エリア以外には一切戦力を割かない、攻撃重視の作戦だった。

もともと少数精鋭であるサンセットレーベンズに、取れる選択肢はそう多くはない。雪蘭《シュエラン》と士明《シーミン》を欠いた状況ではなおさらだった。

たが、雪蘭《シュエラン》は不在でも、そのランキング一位の看板だけでハッタリにはなる。その幻影の抑止力を前提とした作戦である。

幸いにも、ギリギリのタイミングでクラン『ＴＨＳ《ツインヘッドシャーク》』との不可侵条約が成った。シンジュクエリアの過半を抑える『ダンジョウ拳闘クラブ』とは、既に攻守同盟を結んでいる為、仮想敵は、メグロの『ブラックロータス』と、チヨダの『夜々連《ヤヤレン》』に絞られたと言っていい。

サンセットレーベンズの周辺には、他にも条約交渉中の複数のクランが存在するが、シブヤに手を出す余裕がありそうな規模を持つクランはその二つだけだ。

特に夜々連《ヤヤレン》は、現在シブヤ南東エリアを暫定占拠しているクランである。全面対決は不可避だった。

「こちらレイン。各自状況を知らせてください」

『カナメだ。スタート位置についた。周囲に敵影なし』

『シュカだよー。予定してたビルの屋上にカップルがいたから、配置変更中……』

『リュージだ。スイと二人で、フラッグ設置予定地点で待機中。いつでも行けるぜ』

『ス、スイです。頑張ります』

「状況了解。フラッグゲームスタートまで、あと五分二十秒――」

レインは、自室にあるマルチディスプレイを睨み付けつつ、素早く情報をワークステーションへ入力していく。

このワークステーションは、Dゲームのアプリを入れたスマホを接続して、アプリから抜いた情報を即座に同期できるようにしてある。レインが自分自身で開発した特製のシステムだった。

ディスプレイの一つには、シブヤの周辺地図が大写しにしてあり、アプリから吸い上げた仲間達の位置情報を示すマーカーが点滅している。

これまでのところ、マーカー位置と無線での報告に相違はない。システムオールグリーン。

既に、外は夕暮れで紅く染まり、日没を待つばかり。予告されたゲーム開始まで、もう五分を切っている。

レインは、少しでも落ち着こうと瞳を閉じた。

酷く心臓の音がうるさい。意識して深呼吸を繰り返す。

とにかくスタート前に出来る事は情報収集だ。特に破壊目標である『夜々連《ヤヤレン》』のフラッグ周辺が最初の激戦区になる可能性が高い。

『こちらシュカ。配置完了ー』

「シュカさん、フラッグ位置を目視できますか？」

フラッグの位置はいつでもマップで確認できる。

シュカとカナメは、夜々連《ヤヤレン》が保持するフラッグ位置を視認できる位置で待機する手筈となっていた。

ただし、フラッグゲーム開始前には、フラッグそのものはまだ存在しない。フラッグは、ゲーム開始と同時に設置位置へと転送されてくるのだ。

『見えてるよ。周囲に敵影はなし。一般人はかなり多いけど』

敵影なし。これはどう考えるべきだろうかと、レインは自問自答する。

Dゲームにおいて、プレイヤー位置を確認する手段は大きく分けて二つある。

まず一つは、マップ機能。

マップには常時、クランメンバーとフレンドの位置がマーカーとして表示される。加えて、サーチ機能を使えば、さらに半径500m以内にいる対戦相手の位置も知ることが出来る。ただし、対戦相手ではないプレイヤー位置や、課金アイテム『ハイドクローク』を使用中のプレイヤーの位置は一切表示されない。

もう一つは、対戦カメラ機能。

スマホのカメラを通して見ることで、Dゲームプレイヤーのみにオーバーラップして表示されるプレイヤーアイコンを確認することが出来る。これは対戦を申し込む為の機能であるため、対戦相手以外のプレイヤーの事も判別可能だが、もし相手が『ハイドクローク』を使用中なら、この機能でも確認できなくなる。

だがレインは、知る限りの敵プレイヤー情報を事前にクラン全体で共有してあった。仮に相手が『ハイド

クローク』でプレイヤーアイコンを隠蔽していたとしても、顔さえ見えればある程度プレイヤーを判別できるはずだった。

敵は、シュカの視界に入らないよう屋内にいるのだろうか？

あるいは、そもそもこのフラッグを最初から捨てているのだろうか？。

夜々連《ヤヤレン》のフラッグは、ビルの谷間となる細い路地にあり、完全に無防備な配置である。とりあえず一週間占拠する為だけに暫定配置したのは明らかで、夜々連《ヤヤレン》が、このフラッグを守るつもりがない可能性は高かった。

「シュカさん、ハイドクロークを使用してください。権利取りをお願いします」

『分かった』

「たぶん、夜々連《ヤヤレン》は狙撃で来ると思います。勝てますか？」

『誰に言っているの？　開始十秒前からカウントして』

「了解です」

シュカのマーカーが地図上から消えた。

レインは、深呼吸して時刻を再度確認する。

ゲーム開始まで、残り二分二十九秒。

❖

シュカは、ハイドクロークで自身の位置情報を隠蔽すると、権利取りに最適なスタート位置を模索すべく空へ跳んだ。

権利取り。これは、フラッグゲームで『フラッグ設置の優先権を取る事』を意味するスラングである。

フラッグゲームにおけるエリアの支配権は、空白エリアにもっとも早くフラッグを設置したクランに与えられる。だが、設置済みフラッグを折ったクランには、十分間の優先設置権が与えられる。

そして、この権利は、自分達のフラッグを自分達で破壊した場合にも適応されるのだ。

夜々連《ヤヤレン》が、守りにくい位置にあるフラッグを自ら破壊して、フラッグ設置優先権を取り、どこか守りやすい位置への再設置を狙っている事は十分に考えられた。

付近に敵影はない。ならば相手は狙撃でのフラッグ自損狙い。

レインの推測はシュカにも納得できる物だった。

つまり、この権利取りは銃弾との競争となる。

シュカが『荊棘の女王《クイーンオブソーン》』によって操る鎖は十分に速い。だが、音速を超えるほどではなかった。銃弾と速度競争をするわけにはいかない。

つまり、位置取りとタイミングが全てだった。

スタート位置は、フラッグ転送位置に近ければ近いほど良い。だが、同時に狙撃手の視界に入る訳にはいかない。フラッグが設置されるのは、ビルの谷間となる50mほどの細い路地のちょうど中央付近である。間に狙撃から身を隠せるようなスペースはなかった。

つまり路地に入るのは論外。とすれば……。

シュカは、自らのスタート位置を定めると、想定される狙撃手の死角から回り込むようにして滑り込んだ。

そこは、フラッグ転送位置の直上。6階建てのビルの屋上である。

路地の両端よりも、ここの方が多少フラッグに近い。そしてスタートダッシュの加速に重力を利用できる。

シュカは、屋上の建屋と外周の囲いとの間に伏せるように身を潜めた。

心身のコンディションは良い。

心は、凪のように澄んでいて、感覚は研ぎ澄まされ、僅かな風の流れすら感じ取れる。

昨日のデートが効いたに違いない。

人肌には、心を落ち着かせる効果があるのだ。たぶん。

ふと、カナメと初めて会って戦った時の事を思い出して、目を閉じた。

シュカは、まるで準備運動をするように鎖をゆるやかに動かしながら、静かにその時を待つ。

『シュカさん。残り10秒です。9……8……』

レインの声が、カウントを始めた。

緊張で少し硬いが、落ち着く声だ。うん、悪くない。

風は、ほとんどなく、空気は乾いている。

太陽は、西の空に没する寸前。

ビル陰となる細い路地には、一足先に夜が訪れている筈《はず》だ。

『7……6……5……4……3――』

シュカは、スリーカウントで飛び出した。

そのまま、ビルの谷間へとロケットの様に突っ込む。

そこで、ようやく目を開けた。予想通り、ビルの谷間には一足早く夜が訪れ、既に暗闇に包まれている。

目を慣らしておいた甲斐があった。

『2……1――』

残り1秒。フラッグはまだ転送されて来ない。

自由落下では速度が足りない。鎖をビルの外壁へ打ち込んで、自身を斜め下に加速。同時に鎖のもう一方を地上めがけて射出する。

『ゲームスタート！』

レインのコールは、フラッグの出現と同時だった。

コンマ1秒。シュカの鎖が、転送されてきた薄っぺらい金属製の旗を粉砕する。

それから1秒少し遅れて、遠方より飛来した銃弾がアスファルトを空しく砕いた。既にシュカは、外壁に打ち込んだ鎖を利用して、振り子のように上空へと反転している。

『権利取得確認！　リュージさん！』

『任せろ！』

レインの声に応え、リュージが予定位置にフラッグを設置した。

『エリアの占拠を確認しましたです！』

『おいやったな！　カナメ！』

『ああ、後は一時間防衛するだけだ！　頼むぜみんな！』

『は、はい……！　頑張ります……！』

空を行くシュカの耳に、少し弾むような皆の声が流れてくる。

シュカも、思わず頬を緩めかけた、まさにその時だった。

『ちょ、ちょっと待ってください！　これは――』

レインの慌てた声と同時に、シュカのスマホがアラートを発する。即座にスマホ画面を確認する。

いや、シュカだけでなく、サンセットレーベンズ全員の携帯が一斉にアラートを発したに違いない。

フラッグゲーム中に、支配エリアへ敵対クランが侵入した事を示す緊急アラート。

侵入者を示すマーカーで、地図上のシブヤエリアが真っ赤に染まっていた。

❖

レインは、焦る気持ちを必死にこらえつつ、ディスプレイ上のマップをにらみ付けた。

侵入アラートは侵入者の位置を教えてくれる貴重な情報だが、分かるのは初期位置だけ、表示されるのはわずか10秒間だ。表示を目に焼き付けて、相手の意図を読み取らねばならない。

マップ上でサンセットレーベンズの支配エリアは、侵入者を現す赤マーカーですっかり囲まれている。既に数は40を超えたというのに、まだまだ追加のアラートが上がる。

いくらなんでも多過ぎる。総勢12名のブラックロータスと、8名程度の夜々連《ヤャレン》、それに便乗した複数の小規模クランを足したとしても、まだまだ足りない。

「確認した侵入者は、42——いえ45！ まだ増えてます！ 恐らくTHS《ツインヘッドシャーク》が裏切りました！」

『おいおい、冗談だろ⁉』

『いや、今、ＴＨＳ《ツインヘッドシャーク》が積んでた保証金が俺達に振り込まれた。間違いねえ……』

驚愕するリュージに、Ｄゲームのイベントログを確認していたらしいカナメが呻くように答えた。

『レイン！　指示をくれ！　俺達はどう動けば良い⁉』

いつもは冷静なカナメの声にも焦りがにじんでいる。だが、それがかえってレインの心を落ち着かせてくれた。

前線から離れた位置に居る自分こそ、冷静に状況を俯瞰しなければならない。そう自分に言い聞かせて、レインは、侵入者の初期配置を脳裏に思い起こし、敵の狙いを考える。

45――今や48名にまで増えた侵入者は、３～５名程度のグループにまとまって、シブヤ全体を囲うように侵入していた。

「皆さん、それぞれの位置でマップサーチを打ってください。カウントします、３……２……１……」

スリーカウントからだったが、全員がタイミングを揃えてサーチを打ってくれた。レインの特製アプリを経由し、瞬時に同期された情報が手元に届く。

見えた範囲は、それぞれの位置から半径５００ｍの円に過ぎず、シブヤエリア全体からすればカバー率は低い。だが、その範囲での現在位置と初期位置からの差分を得る事が出来る。世界関数《ラプラス》で解析する。敵グループは、それぞれ４つのフラッグ位置を目指して動いているようだった。だが、進行スピードはまちまちで、明らかに足並みの揃った動きではない。

一斉に侵入アラートが上がりシブヤエリアを包囲するように囲まれた為、敵が高度に連携していると錯覚しかけたが、どうやら共通の作戦行動ではないらしい。

数が多かろうと、ただ機会に乗じただけの脆い共同戦線に過ぎないなら、崩し様はいくらでもある。

「カナメさんとシュカさんは、リュージさん達の援護に向かってください。まずは、夜々連《ヤャレン》を潰します」

『他の拠点は捨てるの？　私が一人で防衛に行こうか？』

シュカが言う。

「いえ、すぐには落とされないと思います。スイさんの防御を信じましょう」

『うー……大丈夫かなあ……』

「大丈夫です。スイさんは、新拠点の防御を急いでください」

『は、はい……！』

スイの異能《シギル》による防御。

それが、レインが今回新たに用意した秘策だった。

❖

リュージとスイが、新たなフラッグを設置したのは、あらかじめ契約し要塞化をすすめていた小さな雑居ビルの地下室である。ビルの窓ガラスは、防弾ガラスへと全て交換し、外へ通じるドアも分厚い鋼鉄製に交換してあった。拳銃やライフル程度の火力では小揺るぎもしない、まさに要塞である。

だが、相手が多量の爆薬や、対戦車ロケットを持ち出してくれれば万全とは言えない。それに、対戦車ロケットに匹敵する火力を持つ異能《シギル》だって、珍しいが無いわけではないのだ。

少数精鋭のサンセットレーベンズがシブVエリア全域を守り続ける為には、たとえ無人でもフラッグを安定して守れるような、さらに堅固な要塞が必要だった。

そこで、レインが思いついたアイデアが、スイの異能《シギル》を利用した防御策である。

スイは、地下室へ続く階段に座り込み、祈るように両手を組んでいた。

（お願い、ソータ。力を貸して）

スイの足下、階段の一段下で、水面が、まるで祈りに応えるようにさざ波立つ。

そう、水面だった。

薄暗い地下室は完全に水没していた。クランフラッグは、その水底に設置されているのだ。

その時、スイの心に、聞き慣れた兄のぼやき声が聞こえた。

（チッ……いつまでも兄離れ出来ねえ妹だな……）

ピシリと、水面が軋む。

そして、その軋みは瞬く間に水底へと広がっていく。

急速に凍り付いているのだ。

もちろん、異能《シギル》による異変だった。

ダーウィンズゲームが与える異能《シギル》は、一人一つだけ。

だが、スイは二つの異能《シギル》を持っている。

一つは、水を自在に操る異能《シギル》『枯れずの水瓶《ボルクスライト》』。

そしてもう一つは、スイの中にあるもう一つの人格が持つ、水を氷へ相転移させる異能《シギル》『開かずの氷室《カストルライト》』。

スイの中には、もう一つの魂——彼女の双子である兄ソータの魂が存在するのだ。

レインに言わせれば、これは同じ異能が持つ二側面に過ぎず、シュカには、ただそういう設定なのねと一蹴されてしまうのでスイは悲しく思っているのだが、スイ自身は、ただまっすぐに信じていた。ダーウィンズゲームは、願いを一つ叶えてくれるのだと。そして、願いに応え、交通事故で亡くなった彼女の双子の兄——ソータの魂が、彼女の中に帰ってきてくれたのだと。

事実、ダーウィンズゲームのアプリは、スイが操作する時とソータが操作する時で、違うアカウント名が表示されるのだ。これこそ、ソータの魂が自分の中に存在する動かぬ証拠だとスイは思う。だから、サンセットレーベンズの中でもっとも恐がりなスイは、ダーウィンズゲームの事が決して嫌いでは無かった。

スイが、五分ほど異能《シギル》を使っていただろうか。果たして地下室の水はすっかり凍り付き、クランフラッグは氷中深くに封じ込められていた。

同じ防御が、既に本拠地を除く全てのフラッグにも施してある。分厚い氷の壁は、時にコンクリートにも匹敵する強度を持つ。

これが、レインが考えた秘策――スイとソータによる氷壁を使っての防御だった。

❖

リュージは、いつものように全身を防弾装備で固め、スイが作業を終えるのを待っていた。

機関銃を装備した完全武装である。戦闘向きの異能《シギル》を持たないリュージにとって、総重量30kgを超えるこの重武装はまさに命綱だ。

ビルの二階から見下ろせる範囲に、敵影はまだ見えない。フラッグゲーム開始から既に5分が経過し、一般人のゲームエリアからの退去は終わっている。もし誰かが居れば、それはDゲームプレイヤーと判断して間違いは無かった。

「終わったぜ、兄ちゃん」

「お、ご苦労さんだなスイ――いや今はソータか」

リュージは、周囲への警戒を緩めずに、二階へ上がってきたソータをちらりと振り返る。

ソータである時の表情は、ヤンチャを通り越してどこか獰猛《どうもう》ですらある。いつもおどおどしたスイとはまるで違う。

「アンタは、俺の事を設定だなんだと笑わねえんだな。変わってんな」

「お前が言うなよ……。俺の異能《シギル》を忘れたのか？」

「そういや、そうだったよなー。で、敵はいる？」

「カナメとシュカが順調に倒してる。おかげで今のところ暇人だ」

「なんだよ、楽勝じゃんか」

『楽勝じゃないですよスイさん。まだ45人以上の敵が残っていますです』

レインが、暢気《のんき》な会話に無線で割り込む。

「だからさー、俺はスイじゃなくてソータだって言ってるだろー？　いい加減覚えろよな。イケてる感じなのがソータ。ウジウジしてるのがスイだ」

『なるほど、難しい見分け方ですね。とにかく気を引き締めてください。既に北東エリアの拠点《ポイントB》は、敵にとりつかれて――あっ』

「どうしたレイン」

『扉が爆破されました。連中、爆薬《C4》を用意していたようです』

「ハッ。俺の氷は、簡単にゃ破れねえよ。それより、そっち――本拠地《ポイントA》は大丈夫なのかよ」

『今のところサーチに反応はありません。本拠地《ポイントA》は強固と見て後回しだと思います。それより二人は、北500mにいる四名の敵グループを攻撃してください。

今から向かえば、ちょうどカナメさん達と挟撃出来ます』
「了解だ。いくぞソータ！」
「しゃあねえ、いってくっか」

❖

「ふぅ……」

レインは、ため息を一つついて、改めて戦況を確認した。

マップ上を、リュージとソータを現すマーカーが北上していく。予定通り、カナメ達との挟撃は成功しそうだった。この四人グループを片付ければ、恐らく夜々連《ややれん》は撤退に追い込めるはずだ。

扉が爆破された北東拠点《ポイントB》の隠しカメラを確認すると、侵入してきた敵グループは、10mを超える分厚い氷に守られたフラッグを見て地団駄を踏んでいた。

手持ちの爆薬《C4》による爆破を試みたものの、無残に失敗したのだ。

鍵か蝶番《ちょうつがい》を破壊すれば突破できる扉とは違い、ただただ巨大なだけの氷塊を突破するのは遥かに難しい。

高熱を発生させる異能使い《シギル》でもいなければ、短時間での攻略は困難なはずだった。

また、残る南西エリアでは、先に南西拠点《ポイントC》に取り付いていた敵グループの用意が悪く、鋼鉄製の扉を前にまごまごしている間に、別クランらしい敵グループと小競り合いを始めていた。やはり敵は一枚岩ではないのだ。

❖

（とりあえず、初期対応はなんとかなりましたね……）

レインは、思わず安堵しそうになるが、慌てて気合いを入れ直した。これまでのところ、作戦はうまくハマっているが、スイの氷壁も結局は時間稼ぎの策に過ぎない。追い込まれている状況には違いないのだ。

特に、あのカジ——いやカジを名乗る謎のプレイヤーが未だ監視カメラに映らないのが、非常に気がかりだった。

来ていない筈《はず》はない。

だが姿を見せない。

もちろん、あの全身を変形させる異能《シギル》を使って、別人へと姿を変えている可能性もある。だが、あのプレイヤーが、本物のカジに成り代わってブラックロータスを焚き付けているのだとすれば、仲間の前でうかつに異能《シギル》を使って別人に成り代わる事は出来ないはずだった。

再度マップを精査する。

カナメ達に包囲された夜々連《ヤヤレン》が、慌てて撤退へ移る様子が見て取れた。

夜々連《ヤヤレン》は、計算高いが士気はそう高くない。前線指揮出来る強いリーダーがいないのだ。一度、敗走に移ったら立て直せないだろう。

次に手当すべきは、既に氷壁にまで迫られている北東拠点《ポイントB》だろう。

「夜々連《ヤヤレン》は敗走に移りました。シュカさんは追撃を、他の皆さんは北東拠点《ポイントB》の防衛に移ってください。ルート指示します」

『了解だレイン』

カナメが即座に応じる。

レインは、世界関数《ラプラス》により算出した移動経路を指示していく。不要な遭遇戦を避けつつ、避けられない戦いでは先手を取れる、そういうルートだ。

マップには、夜々連《ヤヤレン》を散々に追い散らしていくシュカと、機敏に移動を開始したカナメ達三人のマーカーが見えている。世界関数《ラプラス》で想定した以上の速度だ。矢継ぎ早に新たなルートを指示する。

『こちらカナメ。北東拠点《ポイントB》付近で敵グループと遭遇。攻撃を掛ける』

レインが想定したより20%以上早く、カナメ達が敵グループの後背に食らいついた。

瞬く間に、敵マーカーが二つ消える。

カナメは銃の名手《マークスマン》だ。ただそれは、厳しい訓練で培ったものではない。

カナメの異能《シギル》『火神槌《ヒノカグツチ》』は、彼が見知った器物を無から創造するというものだ。そして、彼は、その手で触れるだけで、器物の構造、成り立ち、その使い方までをも体得する事が出来る。もちろん、異能《シギル》の常として、万能の創造能力とは言えなかった。彼の手に余るような巨大な物、集積回路のような複雑な物や、逆に器物と言えない素材そのものを創造する事はできなかった。

彼は、そういった物を繋がっていないと表現する。逆に、繋がっている物は、触れた瞬間に分かるのだった。言わば、銃や刀が、自身の使い方と造り方を教えてくれる異能《シギル》。これが彼を、銃の名手《マークスマン》ならしめる理由だった。

リュージの機関銃による援護を受けたカナメが、不意打ちで混乱する相手に突撃する。

相手は、反撃もままならないまま半壊し、敗走へと移った。レインが情報支援する間もない。

「今戦った敵グループの所属は分かりますか？」

『ありゃブラックロータスだな。お前が用意した資料で見た顔だ。あんだけ威勢の良い啖呵を切ったわりにゃあ、あっさり尻尾を巻いたぜ』

合間に機関銃の発砲音を混じらせながら、リュージが応えた。

「カジの姿は？」

『今んところ見ねえ。もっとも異能《シギル》で顔を変えていたら分かんねえが……』

ブラックロータスの部隊にもカジがいない……。もっとも、別働隊が存在する可能性も高く、見逃しているだけの可能性もある以上、これ以上考えても仕方が無かった。

このブラックロータスの部隊を追撃した後、そのまま、北東拠点《ポイントB》の奪還に移ろう。

レインがそう決断しかけた時だった。

本拠の周囲を監視するカメラに人影が映る。

（来た！）

男が四人、向かいのビル影から、サンセットレーベンズの本拠ビルを伺っている。

依然としてマップサーチには反応がない。どうやら『ハイドクローク』を使用して忍び寄ってきたらしい。

屋上設置カメラの一つからの荒い映像を即座に世界関数《ラプラス》で解析する。

１９０㎝近い長身に、分厚い体躯《たいく》を持つ巨漢。

間違いない。ＴＨＳ《ツインヘッドシャーク》のワダツミだ。となれば残りはＴＨＳ《ツインヘッドシャーク》の構成員か。

手強い相手だ。レイン一人で追い返すのは難しい。

だが、カナメ達は北東拠点《ポイントB》付近で交戦中で、北西エリアにある本拠《アジト》とは２㎞以上離れている。敵グループを避けながらの移動となれば、とても間に合わない。つまり、取れる手は一つだけだ。

「こちらレイン。本拠《ポイントA》が攻撃を受けました。敵は、ワダツミを含む四名。シュカさん、五分で来られますか？」

『誰に言っているの？ あなたこそ、三分ぐらいは持ちこたえてよね』

「努力します」

異能《シギル》で空を行くシュカだけは、複雑な地形も、地を這うしかない敵も全て無視しうる。レインが知る限り、あれだけの速度で空を行く事が出来る異能《シギル》は他に存在しない。

あまりに隔絶した、唯一無二の空の女王。味方ならば、これ以上心強い存在もない。

しかし、ふと思う。その有り様はあまりに孤独ではないだろうかと。

「現時点を持って管制を放棄。指揮はカナメさんに任せます。皆さん、ご武運を」

感傷を断ち切るように言って、走り出す。

感傷も後悔も、全ては生き残ってからだ。

既に、ワダツミ一党は、ビル入り口のシャッターをエンジンカッターで切断し始めていた。

シュカが来るまで、たった一人で四人を相手に戦わなければならない。

四対一。ソロプレイヤー時代なら、とっくに逃げ出している状況だ。

そんな事を思うが、不思議とレインに気負いはなかった。

（少し前に、似たような状況を逃げ切ったからでしょうか……）

レインは、別に逃げ専だったソロプレイヤー時代を恥じてなどいない。

逃げる事も、戦う事も、抗うという意味において何の違いもないのだ。

エレベーターで階下へ向かいつつ、装備をあらためる。

右手にはサブマシンガン《Vz.61》。

コートのポケットには、換えのマガジンが三個と、閃光弾《フラッシュバン》が三個に、破片手榴弾《フラググレネード》が一個。

右足に巻いたベルトホルダーには、近接用のダガーが一本。願わくば、これを使う羽目に陥る前に助けがほしいところだ。

スマホで、監視カメラの映像を確認すると、ちょうどワダツミ達が、シャッターを破りビルに突入してくるところだった。

エレベーターを二階で降り、エレベーターをマスターキーでロックして使用不能にする。

ハイドクロークを使用。

サブマシンガン《Vz.61》の安全装置を外す。

走り出した。

さあ、これから三分間、全力で抗うのだ。

❖

サンセットレーベンズのアジトは、地上14階、地下1階から成る高層ビルである。クランフラッグは、ビルのほぼ中央にあたる八階の一室に設置してあった。
その一室――フラッグルームは、窓ガラスを全て防弾の物と入れ替えた上で、ドアも分厚い金属製の物と交換してある。敵が用意しているエンジンカッター程度の装備なら、そう簡単に侵入できる筈《はず》もなかったが、今後の事を、フラッグゲームの事を考えれば、敵を手痛く痛め

つけて抑止力とする必要がある。

　レインの立てた作戦計画はこうだ。

　まず二基あるエレベーターはロックし、移動経路を東西にある非常階段に限定する。その上で、東側階段の奇数階、西側階段の偶数階への踊り場に、スイ&ソータによる氷壁を設置する。

　つまり、敵は地上八階まで、蛇行する様に前進する他ない。

　敵を最大限、引き回しつつ削る。

　これが、レインの防衛計画の骨子《こっし》だ。

　この作戦は、レインがカナメと出会い、サンセットレーベンズ設立のきっかけともなった大規模イベント戦において、とある敵プレイヤーが取った戦術をレインなりにアレンジした物だった。

　レインは、二階西側階段付近に積んだ土嚢《どのう》に隠れ、敵を待ち受けた。

　敵の先頭が通路に顔を出した瞬間、サブマシンガン《Vz.61》を斉射。敵は慌てて身を隠すが、さらに追撃の連射を送り込む。跳弾狙いだ。

「ぎゃ！」

　軽い悲鳴が聞こえる。怪我の程度は分からないが、運良く跳弾が命中したらしい。

　敵が銃だけ通路に出して、めくら撃ちしてくるが、世界関数《ラプラス》で見切りつつ撃ち返す。

　20mほどの距離を挟んでの軽い膠着《こうちゃく》。

　苛立った敵が、手榴弾《フラグ》を投げ込んできた。

（来た！　世界関数《ラプラス》！）

　これを狙っていた。

　サブマシンガン《Vz.61》のセレクターを単射《セミオート》に切り替え、世界関数《ラプラス》を全開にする。

手榴弾《フラグ》の軌跡と、サブマシンガン《Vz.61》の予測弾道を一致させて発砲。サブマシンガン《Vz.61》の.32ACP弾が、手榴弾《フラグ》の底部をかすめるように叩いた。

鋭角にはじき返された手榴弾《フラグ》が、敵が隠れている物陰へと転がる。

鋭い爆音と悲鳴が上がった。

バリケードに伏せたレインは、取り出したスマホの映像を、敵グループの位置を映す監視カメラに切り替える。

倒れ呻く三人の男が映る。死んではいないようだが、間違いなく戦闘不能。

上手くいった。

だが、肝心のワダツミがいない。

悪寒がした。

即座にバリケードを放棄して、三階へと駆け上る。

目の前に巨漢――ワダツミがいた。

(回り込まれた!)

ワダツミは、両の手を巨大な鮫の頭へと変異させ大きく振りかぶる。これがワダツミの異能《シギル》『鮫鮫鮫《シャークバイト》』、THS《ツインヘッドシャーク》のクラン名の由来にもなっている異能《シギル》だった。

世界関数《ラプラス》を再び発動。異能《シギル》の連続使用に頭が割れるように痛むが、気にせずに全開にする。

足を止めずに、ワダツミの顔に向かって、サブマシンガン《Vz.61》を構えた。ワダツミが、左腕で顔を庇《かば》いつつ、右腕を振りかぶる。

転がるように、ワダツミの左腕の下をくぐり抜けた。

ギリギリをかわしたワダツミの右腕が、コンクリートの壁面をまるで豆腐のように抉《えぐ》り取る。

（なんという威力……！）

スイ&ソータが用意した氷壁は、エンジンカッターを使っても短時間で破れるようなものではなかったが、このパワーなら、あっさり砕かれたとしても無理はない。

もちろんワダツミの異能《シギル》について、レインは事前に把握済みだったが、こういう単純なパワーを誇る異能《シギル》は、種が割れていても対処は難しい。

レインは、おののく心を叱咤《しった》して、背後のワダツミへ閃光弾《フラッシュバン》を転がす。背後で轟音と閃光。そのまま振り返らずに通路を走り抜けた。

東側階段へと飛び込む。ちらりと階下を確認するが、やはり氷壁がハンマーで砕かれたように破られている。

あの攻撃を、一度でもかわし損ねれば、次は自分がこうなる。

このまま階下へ、そして外へ逃げてしまおうか、という考えが浮かぶ。

それは、とても魅力的な考えだった。

なぜなら、敵は想定以上に強力で、当初の作戦は完全に破綻したから。

なぜなら、仮に逃げても、もう残り二分でシュカが来るから。

なぜなら、ワダツミが自分を追えば、どのみち時間稼ぎはできるから。

なぜなら、ワダツミが自分を無視してフラッグを

狙っても、残り二分ではブレイクまではできないかもしれないから。

都合の良い理由付けなら、いくらでも出てくる。

だが、その全てを振り払って、レインは階段を駆け上がった。

レインは知っていた。

逃げる、というのは、恐怖から逃げることではない。むしろ、恐怖に立ち向かう事だ。

息を押し殺して敵から身を隠し続けるのは、雄叫びを上げて無謀な突撃をするよりよほど怖い事なのだ。

もっとも安全な逃走ルートが、敵が振り上げた白刃の下である事もある。

恐怖に負けて外に逃げれば、無数の敵と運任せの遭遇戦に陥りかねない。だが、ここに留まれば、ホームで既知の敵との一対一に持ち込めるのだ。

あの必殺の攻撃を、ここで二分間凌ぎきる。

これが、レインが見定めた最適な逃走ルートだった。

❖

レインは、七階の通路、中央付近で、荒い息をついて左右を警戒していた。

命がけの鬼ごっこを開始してから既に一分。

用意していた閃光弾《フラッシュバン》も、手榴弾《フラグ》も既に使い切り、サブマシンガン《Vz61》の予備マガジンも残すは一個のみだ。

（右！）

西側通路から強襲してきたワダツミに向け、逆方向へ走りながらサブマシンガン《Vz61》を引き撃ちしていく。

ワダツミは、その変形させた両手を盾の様にして体を庇《かば》い、弾雨を物ともせずに突っ込んでくる。

世界関数《ラプラス》は、常に発動させっぱなしだ。異能《シギル》の連続使用が、レインの脳をチリチリと焼いていく。弾切れより先に、異能《シギル》の限界が来るのは間違いなかった。

あっという間に、30発のマガジンを使い果たす。素早くマガジン交換。これでいよいよ弾も最後だ。

おかしい。いくらなんでも頑丈すぎる。

確かに、.32ACP弾は威力のある弾ではない。だが、わざと弾を散らして、変異する両腕以外にも当てているにもかかわらず、大して効いている様子がない。

それに、気になることがもう一つ。ワダツミの動きがどこかぎこちない。攻撃が妙に大味で、精彩を欠くのだ。これはレインにとって僥倖《ぎょうこう》ではあったが、違和感は拭えない。

何かの罠か、あるいは……。レインは、世界関数《ラプラス》によって引き延ばされた時間の中、無数の可能性について検討するが、答えは出ない。

追いつかれる。

ワダツミの攻撃に合わせて右に跳ぶ。余裕を持った回避のつもりだったが、攻撃の風圧が左頬をなでる。無駄に大ぶりだったワダツミの攻撃が徐々に鋭くなっている。

階段へ滑り込み、即座に八階へ駆け上がった。

ワダツミは、小回りこそ効かないが、瞬発力とトップスピードはレインに勝る。上階へと逃げる方がまだ有利だった。

八階は、フラッグルームがある最終防衛ラインだ。様々なトラップを仕掛けた上で、照明を落としてある。暗闇に包まれた八階に飛び込みざま、身をかがめて転がり、通路を横切るように通してあるワイヤーの下をくぐった。

この階には、こうしたワイヤーが何本も仕掛けてあり、その全てに高圧電流が通してある。その上、全ての窓を鉄板で塞いでいるから、照明を落とせば完全なるダークゾーンだった。

ここならば、世界関数《ラプラス》を使えるレインが圧倒的に有利だ。

流石に、真っ暗闇に飛び込むのは躊躇《ちゅうちょ》したのだろうか、ワダツミが、たたらを踏んで追い足を止めた。

(残り30秒！)

レインは、暗闇の中記憶を頼りにワイヤーを躱《かわ》しながら、通路の中央まで進み、息を潜めた。

階段の照明が逆光となり、通路の入り口で立ちすくむワダツミの姿を浮かび上がらせている。

サブマシンガン《Vz61》を構えた。

自分なら、ここで手榴弾《フラグ》を投げ込む。それを、先ほどの様に弾き返してやるつもりだった。

引き金に指を掛け、ワダツミの姿を睨み付ける。

だが、予想に反しワダツミは動かなかった。

(……なぜ仕掛けて来ない？)

暗闇の中に、ワダツミの両目が爛々と光り浮かんでいる。

それは直感だった。言語化できない本能からの警告が、レインに回避体勢を取らせた。

その直後、ワダツミの右腕、鮫の顎と化した異形の腕が伸びた。

ワダツミの腕は、まるで頭足類の触腕のごとく伸び、10m先にいたレインの右腕に巻き付こうとしたのだ。

世界関数《ラプラス》の予測を超えた、不可避の一撃。しかし、直感による警告が、レインに初撃を躱《かわ》す幸運を与えた。

だが、幸運はそこまでだった。おぞましくしなった触腕が、姿勢の崩れたレインの左足首を巻き付き捕らえる。

世界関数《ラプラス》が答えを告げた。

「この男は、ワダツミじゃないッ！」

レインは、無線が通じる事を祈って叫んだ。

時は、フラッグゲーム開催日の前日に遡る。

サンセットトレーベンズとの同盟交渉の後、そのまま応接室でだらけていたワダツミの下へ、同じＴＨＳ《ツインヘッドシャーク》のメンバーが一人やって来ていた。

「は？　お前、今、何て言った？　もう一度言ってみ？」

「ではもう一度言います。明日のフラッグゲームは、シブヤを――サンセットトレーベンズを攻めるべきです」

部下の生意気な進言に、ワダツミの顔が怒りに引きつる。

相手は、先週ＴＨＳ《ツインヘッドシャーク》に加わったばかりのド新人だ。見せて貰った戦歴は、三戦三勝となかなか見所があったが、まだ十代半ばであろう顔立ちもあどけない。

「僕の知り合いが、ブラックロータスにいる事は前もって話してありますよね。この前あいつら、サンセットレーベンズに騙されて武器を奪われたらしいんです」

「そういやオープンチャンネルで何かわめいていたっけな。だが、そんなのカモられる方が間抜けなんじゃねえか！」

「そんな間抜けでも、囮にはなります。連中、報復として全面戦争に出るって言うんですから、これに便乗しない手はないでしょ？　シブヤを一区画でも取れれば、保証金の２００ポイントをどぶに捨てても一週間で元が取れます」

ワダツミの怒りをまるで介さず、笑顔を浮かべて熱弁を振るう新人。それを聞く内、怒りに引きつっていたワダツミの顔が、徐々に無表情になって行く。

「……そりゃ理屈だ。確かに理屈だな」

「じゃあ――」

ワダツミは、先ほどまでと打って変わって、静かに囁くように言う。

「だが限りなくダセえやり口だよ。俺達THS《ツインヘッドシャーク》はダセえ狩りはしねえ。おこぼれ狙いのコバンザメは鮫じゃあねえからな」

「……」

ワダツミは、自身のスマホを操作し、新人をクランから追放する。

「お前はTHS《ツインヘッドシャーク》に相応しくねえ。一時間やる。荷物まとめて今すぐ消えな」

クランリーダーのみが持つ、メンバーの追放権限だ。

ワダツミが、これで話は終わりだとばかりに、ソファーから腰を上げて、応接室のドアへと向かう。

新人は突然の追放宣告に、茫然自失したように動かないままだ。

「……まあ良いタイミングか」

そして、張り付いたような笑顔のまま、ぽつりとつぶやくと、素早くアプリを操作した。

両者のスマホが、エンカウントバトルの開始を告げる。

二人が異能《シギル》を発動させたのは、バトル開始のコールとほとんど同時だった。

身を翻したワダツミの右腕が、巨大な鮫の頭に変形して牙を剥く。『鮫鮫鮫《シャークバイト》』。クラン名の由来にもなっている必殺の異能《シギル》だ。

その顎《あぎと》は、分不相応な殺気を放った生意気な新人の頭をあやまたずに噛み千切った。

頭部を失った新人の死体が、血を吹き出し床へと倒れていく。

「ちっ、部屋が血で汚れちまったじゃ――」

ワダツミが硬直し、自身の胸部を見下ろした。

その死体は、頭部を失っているにもかかわらず、よろめきもせずに直立している。そして、その腕部は、鋭い刃のように変形して、ワダツミの胸を貫いていた。いつの間にか、頭部のない首からの出血も止まっている。

「テメエ……その異能《シギル》は……」

ごぼりと血を吐き出しつつ、ワダツミの巨体が崩れ落ちた。

新人は、ワダツミに食い千切られて地面に転がり落ちた自分の頭部を拾い上げると、まるでプラモデルでも組み立てるかのように、自分の首にすげた。

Dゲームのアプリが、ワダツミの敗北と、新人――ヴォルペの勝利を告げる。

「そうだった、こっちじゃヴォルペと名乗っていたっけ……」

その新人はそう言ってしゃがみ込むと、ワダツミの死体をのぞき込む。

「悪いね。ワダツミさん、あんたのクラン頂くよ。あんたの異能《シギル》も偽装するのに都合が良かったからさ」

ワダツミの死体が、Dゲームのシステムによって転送されて消える。もはや、戦闘の痕跡はソファに飛び散った血と、床に残った人型アートだけだった。

「ワダツミさん！　なんかあったんすか！」

物音を聞きつけたのか、ＴＨＳ《ツインヘッドシャーク》のメンバーが応接室に飛び込んできた時、

「何でもねえよ、ふざけた新人をブチ殺してやったところだ」

そう言って、床にしゃがみ込んでいた男が立ち上がる。

１９０cm近い長身に、厳ついがどこか愛嬌のある顔。

「新人？　ああ確かヴォルペとか言った……。うわ、マジでぶっ殺したんですか」

飛び込んできたメンバーが、部屋の人型アートを見て頭を抱える。

「ああ、そこ片したら全員に招集かけとけ。明日のフラッグゲームについて話があるからな」

❖

シュカは、まさに矢の如く空を駆けた。

狙撃対策の不規則な回避運動も、普段と違って最低限度だ。

だが、この速度で空を舞うシュカを捉えられるプレイヤーがどれほどいるか。ビルの谷間に、鎖とコンクリートがぶつかる甲高い音が響いたその瞬間には、既にその姿はビルの向こうに消えているのだ。

シュカが、シブヤ駅近くの鉄道と首都高との立体交差に、一瞬も速度を落とさずに突入する。

ちょうど首都高上を移動中だった運の悪い連中《エネミープレイヤー》に、容赦も躊躇《ちゅうちょ》もなく、ワイヤーアンカーを打ち込んだ。

すれ違う一瞬にして５キル《ファイブ》。

これほどまでに感覚が研ぎ澄まされるのはかつてなかった。今ならば、視界外にいる敵の位置までが感じ取れる気がする。

そのままの速度で、アジトのある北西エリアへと突入した。

残り１㎞。予定より速度は出ているが、果たして間に合うだろうか。

まあ、あれでレインは、逃げるという事に関してだけはなかなかのものだ。三分ぐらいは持ちこたえるだろうとシュカは思った。

シュカのレインに対する感情は複雑だった。

自分の感情に素直に従って生きているシュカにとって、レインのような常に冷静で、自分の感情を表に出さないタイプは本能的に警戒心を覚える相手だ。

カナメという共通の縁《えにし》が無ければ、同じクランに収まる事は決してなかったに違いない。

どんな敵にも臆せずに戦いを挑み、49戦無敗のままAクラスまで上り詰めたシュカにとってみれば、逃げ専で情報を売って生きるレインなど、弱くて臆病な、取るに足らない存在だった。ただ、情報屋として便利だから利用していたに過ぎない。

シュカの考えが変わり始めたのは、カナメに敗北を喫してからだ。

当時のカナメは、初戦を運良く勝ち抜いただけの初心者に過ぎず、Aクラスのシュカからすれば、敵プレイヤーというのもおこがましい存在だった。

実際、あの戦いの時、シュカに油断や遊びがあったのは事実だ。だが、それが無くても同じ結果になった気がする。

カナメの戦いは、お世辞にも格好の良いものではなかった。

無様に逃げ隠れ、シュカに向かって戦いを止めるように懇願し、だが最後まで諦めなかった。

彼に利用できる物、全てを利用して、最後は戦場を支配した。

それは、自分とは全く違う戦い方だった。

シュカにとって戦いとは、強い方が勝って弱い方が負ける、そういうシンプルなものだった。自分だってより強い敵と戦えば、その時はただ負けるだろう。そして、それでもいいと思っていた。

だがカナメなら、自分より遥かに強い敵を相手にした時、無様に逃げ隠れする事も、敵に向かって命乞いをする事も厭《いと》わないだろう。

そして、利用できるもの全てを利用し、必ず生き残って帰ってくるだろう。

それが、カナメの戦い方なのだ。

本当に強い人間とは、カナメの様な人間の事なのかもしれない。

そう思うようになってから、レインへの見方も変わった。

ランクマッチでは、ひたすら逃げて判定勝ちを狙う。対戦による勝利ではなく、情報を売り買いしてポイントを稼ぐ。

逃げ専の情報屋、それがレインの選んだ戦い方なのだ。

それが分かると、不思議とレインの在り方を受け入れられるようになった。

それにレインの、見え透いたお世辞や、無駄な修辞を弄《ろう》さない率直な態度は嫌いではない。

あの生意気な口を、もう少し聞いてやるのも悪くはない。

それはシュカにとって、我が身を危険にさらして助けに駆けつけるには十分すぎる理由だ。


(見えた……! 既に扉が破られてる……!)

ここに到着するまでおよそ二分三十秒かかっている。予告よりは少し早く着けたものの、やはり敵の突入までには間に合わなかった。

追って突入するとすれば、敵に破られた扉からか、あるいは屋上からか?

逡巡は一瞬だった。

シュカは、確信に満ちた笑みを浮かべると、全力で跳んだ。

❖

「このォ……!」

レインは転倒し、左足首に巻き付いた触腕に引きずられながらも、ワダツミにサブマシンガン《Vz61》を連射する。

避けもしないマンターゲットをレインが外すはずもなく、.32ＡＣＰ弾が次々と吸い込まれる。

だが、ワダツミ――いや、ワダツミを模した化け物は、うめき声すら漏らさない。

間違いない。こいつはワダツミなんかじゃない。カジ――レインがライフルで頭を吹き飛ばしても生きていたあの化け物が、ワダツミを装っていたのだ。姿だけでなく、その異能《シギル》すら装って。

あっという間に、弾倉が空になる。

化け物は、小揺るぎもしない。

サブマシンガン《Vz61》を投げ捨て、右足のホルスターからダガーを抜く。渾身の力でもってカジの触腕に突き刺した。

まるで、硬いゴムのような感触。しかし、左足首を絡めとる力は全く弱まらない。レインの力ではとても切断できそうにはなかった。

カジが、残った左腕を、刃物状に変化させるのが見える。あれで、近くに引き寄せたレインを刺し殺す算段だろう。

残り６ｍ。

世界関数《ラプラス》は、暴走したように、生き残るための可能性を精査し続けるが、わずかな可能性すら見つからない。

無駄とは知りつつ、ダガーを触腕にもう一度振り下ろす。

残り４ｍ。

死。

その濃厚な気配が、どろりとレインの間近へと迫ってくる。

しかし、不思議と恐怖は感じなかった。

どうも、命知らずばかりのサンセットレーベンズの影響を自分も受けてしまっているらしい。

カナメなら、こんな時でもカジ相手に同盟交渉でも持ちかけそうだし、リュージなら自爆覚悟で手榴弾を弾きそうだ。

スイは臆病に見えて、土壇場になれば敵に容赦しないところがある。それこそ、異能《シギル》で相手を凍らせてしまうかもしれない。

シュカならばどうだろう。躊躇《ちゅうちょ》なく砲煙弾雨に飛び込んで、無傷で敵を鏖殺《おうさつ》してのける彼女ならば。

死ぬのが嫌なら、生まれてこなければ良かったのよ。

どこかから、彼女の声が聞こえた気がする。

幻聴。それとも、これが走馬燈というやつだろうか。

世界関数《ラプラス》は、まだ生き残りの可能性を見つけられない。

そう、論理的に考えて生き残りの可能性はない。

ならば、論理の前提を変えるしかない。

残り３ｍ。

レインは、三度ダガーを振りおろした。

❖

男は、少女が懲りずにダガーを振るうのを、ただ冷ややかに傍観した。

少女との距離は、残り３ｍほど。もう１秒もたたずに、男が振り下ろす左腕が少女を殺すだろう。

だから、これは決して油断とまでは言えない。

男の異能《シギル》『太歳の小指《フェイクイモータル》』で変形した肉体は、少女の腕力で切断できるほど柔ではなかったし、もし仮に切断されたとして、男にとって大したダメージとはならない。

男の異能《シギル》『太歳の小指《フェイクイモータル》』は、肉体の完全なる変容を可能にする破格の異能《シギル》である。

男が、この力を使いこなすまでに、長い時間と命がけの修練が必要だった。

最初は指先を変形させる程度がせいぜいの力だった。

男は辛抱強く訓練し、やがて手足を自在に変形させるまでに力を進歩させた。

男の手は、時に刃に、時に鞭に、時には合い鍵にすら変形した。

もともと殺しを生業にしていた男にとって、それだけでも十分有用な力だったが、ある時ふと思いつき、この力で顔を変形出来ないだろうかと思いついた。変装に有用だと考えたのだ。

長い修練が必要だったが、男は、顔を別人のものへ作り替えることに成功した。

ターゲットを殺した後に、ターゲットそのものの姿になって脱出した時は、痛快そのものだった。

力を使いこなしていくのは楽しかった。

男の力は、やがて体内――複雑怪奇な内臓機能の変形にまで及び、最終的に男は、完全なる変身能力と、事実上の不死を得た。

男は、自分より異能《シギル》を使いこなし、力を高めた人間を他に知らない。いくらか見切りがうまく、銃器を扱えるだけの少女に、男を害する力などあるはずもなかった。

だから、これは男の油断というより、少女が掴んだ幸運と言った方が正しい。

だが、戦場において、幸運ほど運命を左右するものも他にない事を、男は失念していたのだ。


少女が狙ったのは、男の触腕ではなかった。

少女はその刃を、通路に張られていた金属ワイヤーに向けて振り下ろしたのだ。

高圧電流が流れる金属ワイヤーへと。


強烈な電流が、少女と男の体を共に流れた。

流れた電流量なら、男より少女の方が遥かに多かったろう。だが、覚悟の量が結果を左右した。

「ぎゃ！」

男は、不意の痛撃に思わず悲鳴を上げ、少女の足首に絡めていた触腕を離す。そして、これが良くなかった。コントロールを失った触腕が、通路に無数に張られていた別の金属ワイヤーに接触したのだ。

男の身体が痙攣《けいれん》し、跳ね飛ばされたように倒れ込む。

男は、それでもなんとか身を起こした。手酷いダメージではあるが、致命的ではない。

少女は、通路に倒れ込んだまま動かない。生きているのか、死んでいるのか。

いずれにせよ、とどめを刺せば同じ事だ。

男は、萎えていた右腕に力を込め、必殺の刃へと変形させる。

動かない少女に狙いを定め、その刃を突き出した。

そのとき、男の顔に、不意に月明かりが落ちる。

刹那、男を黒い奔流が貫いた。

❖

シュカは、ワイヤーアンカーを使い、窓ガラスにはめられた鉄板を引きはがすと同時に、ビル内の男に、躊躇《ちゅうちょ》なく四条の鎖を撃ち込んだ。

シュカが選んだ突入経路は、ビル八階の窓だった。

レインが、最終的にフラッグルーム前で戦う事を選ぶだろうと考えての最短経路。

「ぐおおおッ！」

鎖は男の両肩と胸、そして額の四カ所を過たずに貫く。

両腕と急所を貫かれた男の身体が、ねじれて引きつるようにしながら、萎《しぼ》んでいく。

もはや、ワダツミだった時の姿は影も形も無い。鎖によって、壁面に縫い付けられているのは、しなびた老人だった。

「それが、あなたの本当の姿ってわけ？」

シュカは、窓から滑り込むようにビル内に入り込むと、そう吐き捨てた。

男は動かない。

だが、この程度で死ぬ相手ではない事は分かっている。すっかり老人の姿に成り果ててはいても油断する事は出来ない。シュカは、レインが無線で発した悲鳴のような警告の意味を、正しく理解していた。

慎重に距離を取りつつ、真にとどめを刺す為の方策を練る。

この男は、カジ――あるいはカジを名乗っていた男。

今の老人の姿も、果たして本当の姿かまでは分からない。

だが、シュカには確信があった。これが、この萎《しな》びた老人の姿こそが、男の本性だ。

「とうとう見つけたよ。パパとママの仇……！」

うめくようにつぶやく。

憎しみに沸騰しそうになる脳髄を、懸命になだめる。

この男は脳髄と心臓を抉《えぐ》っても生きている止真正銘の怪物だ。力任せでは絶対に殺せない。

ちらりと、倒れたまま動かないレインを見る。

「ちょっと、レイン！ いつまで寝てるの！ この化け物の殺し方を教えて！」

叫びつつも、男からは視線を外さない。

「……シュカさん……いくら何でも……怪我人をこき使い過ぎではありませんか……」

背後から、絞り出すようなレインの声が聞こえた。

「生きてる間はこき使うわよ。それで、どうやってこの男を殺せばいいの？」

「スイさんを呼ぶのが確実です……。今はとにかく拘束を――」

その時、しわがれた老人のうめき声がした。

「やられたよ……。この姿を晒すのは久しぶりだ……」

脳髄を貫かれたままの男が、それでも平然とつぶやく。

「うわ、これで本当に生きてるんだ。どういう生き物？ ゴキブリだってもっと慎み深いと思うよ」

シュカはそう吐き捨てて、にらみつけた。

様々な異能《シギル》使いと戦ってきたシュカも、これほど怪物じみた相手は覚えがない。

改めて、鎖に異能《シギル》の力を通す。

まだ、男を殺す方策は思いつかないが、逃がすわけにはいかない。男が身体を変形させ鎖から逃れようとも、その度に鎖で縫い付け続ける覚悟だった。

「なるほど、ずいぶん強気な娘に成長したものだ……」

男が、つぶやくように言う。

うつむいているので表情は見えないが、声音にはどこか楽しげな響きすらある。

「何……？」

「思い出したよ、四年……？　いや五年前か……？」

男の、しわがれ掠れた声が若返っていく。

「五年も経てば、人は変わるか。ましてそれが子供ならば、なおさらだ」

その声も、姿も、もはや老人とは言えなかった。

まだ男盛りの、中年男性の太く、どこか人を安心させる声。

あろう事か、とても懐かしい声。

シュカが、思わず硬直する。

「とても綺麗になったね。シュカ」

男がすっと顔を上げてシュカを懐かしげに見つめる。

「パパ……？」

一瞬。

ほんの一瞬、シュカの異能《シギル》が緩む。緩めてしまった。

そして、それは致命的なまでの隙となる。

男の体が、猛獣のように跳ね飛び、シュカの拘束を一瞬で破る。

「くっ!?」

瞬時にシュカは自分を取り戻し、とっさに鎖で自身とレインを防御する。しかし、男の狙いは二人ではなかった。

男はシュカがビルに開けた大穴――八階の窓から躊躇なく身を躍らせた。

「やられたッ！　あの男よくも！」

怒りに燃えたシュカが男を追おうと窓枠に手をかけた時、どさりと背後から小さな音がした。

振り返る。

レインが静かに倒れていた。

「……レイン？」

倒れたその小柄な体の下に、赤黒い染みが広がっていく。

Ｄゲームで散々に見慣れた血だまりが広がっていく。

「レインッ‼」

慌てて駆け寄ったシュカの叫びに、その小柄な少女は何の反応も返さなかった。

第四章

第四章

どこまでも、どこまでも、暗い海へと沈んでいく。

息苦しくもなく、体が冷える事もないが、四肢はぴくりとも動かず、水底《みなそこ》へとたどり着く事も無い。

ほの暗い海の夢。

レインが初めてその夢を見たのは、二年前の夏の日だった。

❖

昨日上陸した台風は夜明け前には通り過ぎて、空はうんざりするぐらいに澄み渡っていた。前日の鬱憤を晴らすかのような蝉の合唱が、とても五月蠅《うるさ》かった事も良く覚えている。

先週から学校は夏休みに突入していたので、レインは、殺人的な日差しから早々の撤退を決め、雨戸まで閉めてエアコンの効いた自室に引きこもった。

昨日届いたばかりの、新品のワークステーションをセットアップしたかった事もある。

メモリもグラフィックボードも、おごれるだけおごったので、本体だけで１００万近くした逸品だ。家に滅多に帰ってこない多忙な両親が、代わりとばかりに山ほどくれる小遣いを、惜しげも無くつぎ込んだのだった。

両親は二人とも大学の研究者で、揃って家庭生活よりも研究に没頭するタイプの人間であり、娘のレインから見てもなんで結婚したのか分からない。

こんな家庭でよく、ぐれもせずに育ったものだと、レインは我ながら感心する。

まあ、ぐれるにもある種の向こう見ずな思い切りというものが必要であり、両親から極めて明晰な頭脳を受け継いでしまったレインにはそういう才能がなかったという事であった。

梱包用の段ボールを片付けるのは後回しとし、重たいタワー型の筐体を引きずるようにしてデスクの横に据え付ける。

同年代と比べても小柄なレインは、ひときわ腕力と体力に欠けており、こういう時には非常に苦労する。己の頼りない細腕を恨めしげに見てため息をついた。

手早く、配線を済ませスイッチを入れる。

ファンが、ブゥンと鈍い音を立てて回り始めると、あっという間にディスプレイにＯＳの初期画面が表示された。さすが最新型は速いな、と感心しつつキーボードを叩き、初回起動を手早く済ませる。

ベンチマークソフトを走らせると、今まで使っていたマシンの５倍近いスコアだ。気をよくして、試運転がてら何かプログラムでも書いてみようと思い立つ。

何が良いだろう？

そうだ、せっかく積んだ最新ＧＰＵを活かして、シェーダープログラムでも書いてみるのはどうだろうか。どうせなら、世界的に流行っているクラフトゲーム用のＭＯＤプログラムがいいだろう。

ちなみに、ＭＯＤというのは、Modificationの略で、既存のプログラムの動作を一部修正する小さな追加

プログラムの事を言う。レイン自身は、それほどハマっているゲームではないのだが、軽く作って動かすにはMODというのはちょうど良いし、友人達のウケも良い題材なのだ。

彼女がそうして、愛用のエディターを起動しようとした時、ちょうど電子メールの着信を告げる通知がディスプレイの片隅にポップアップした。

誰だろう。

レインに電子メールを送ってよこす相手はあまり多くはない。母からだろうか。

クリックする。

父からだった。珍しい。

タイトルは『海外赴任について』。

中身を読むと、父が米国の研究所にヘッドハンティングされ、三ヶ月後に東京の大学からそちらに単身移るという。そして、それを機に母と離婚するので、両親のどちらに付いていくか選べという内容が、畏《かしこ》まった文面で書いてある。

気づくと、ほぼ同内容のメールが母からも数分遅れで届いていた。

思いの外、重い内容である。

しかし、果たしてこれが、小学生の娘にメールで投げつける内容だろうかと、レインは一人突っ込みを入れた。

さて、父親に連いていけば三ヶ月後にはアメリカ暮らしか。英語は得意だが、日本人でも小柄な自分など絶対に虐められそうだ。母親なら、これまでと一緒。いや、父親から貰っていた分の小遣いがなくなるだろうから、小遣いが半分になるか。

まあ、どっちでもいいか。

「ふー……」

長いため息をついて、ベッドに倒れこんだ。

ブゥンと、ファンが低く唸っている。ときおり、遠くで鳴く蝉の声が聞こえる。


気がつくと、レインは暗く冷たい海の中にいた。

体はぴくりとも動かず、揺らめく水面はどんどん遠ざかっていく。

不思議と息は苦しくないし、体が凍えてしまう事も無い。

ただ、静かに水の中を沈んでいく。

しかし、どれほどの時間沈んで行っても、なぜかいっこうに水底《みなそこ》にたどり着くことはなかった。

ただ、沈んで、沈んで、沈み続ける。

そこでようやく気がついた。

ああ、私はとっくに死んでいるのだ。

死んでいるならば、体が動かないのも、息が苦しくないのも、体が凍えてしまわないのも当たり前だ。

なぜなら、もう全てが終わってしまった後なのだから。

いつまでたっても、水底にたどり着かないのも仕方が無い。死者がどこかに辿り着こうなど、おこがましい話じゃないか。

だけど、こんな何にもない海で死んだなら、私の死体は誰が片付けてくれるのだろう。見たところ小魚一匹泳いでいないけれども。

まあ、どうでもいいか。

考えたり、悩んだり、苦しんだりするのは生者の役割だ。

死者はただ安らかに眠れ。R.I.P.《Rest in Peace》。


その時、光が射した。

遠いはずの水面から光が揺らめき、たどり着けないはずの水底を照らす。

ゴォと音を立てて、レインの側を名も知らぬ魚の群れが、鱗を輝かせて通り過ぎた。

次いで目の前を横切る生き物の影。シャコを巨大にしたようなその生き物は、まさかアノマロカリスではなかろうか。

はて、奴はカンブリア期には絶滅したはずだが……？

あたりを見回す。


そこには、生命が溢れていた。

とっくに滅んだ筈《はず》の、古代の生き物達。


柔らかな水底が、レインの体を優しく受け止めた。

気がつくと、とうにレインの体は動くようになっている。

ふと息苦しさを感じて、息を吸い込むと、まるで海に棲《す》む生き物かのように、暖かな酸素が体を満たす。

これはひょっとすると、また、考えたり、悩んだり、苦しんだりしなければならないという事だろうか。

レインは、トンと水底を蹴りつけ、光が射し込む水面を目指して上昇を開始した。

❖

目を開けると、自室の天井が見えた。

まだ、越して来て一《ひと》月《つき》ほどにしかならないサンセットレーベンズのアジトの部屋だが、これを自室だと思えるぐらいには馴染んできたらしい。

起き上がろうとするが、レインの体は、こわばったように動かない。

「ぐ、ぐぬ……」

不意の痛みに、変なうめき声が出る。

あきらめて、おとなしく寝ている事にした。

どうやら、自分は生き残ったらしい。

刺された脇腹のあたりを、おそるおそる確かめるが、指の腹で押すと奥に少し鈍い痛みがあるだけで、もう傷はふさがっているようだった。

すぐに直感した。自分は異能《シギル》による手当てを受けたのだろう。サンセットレーベンズの同盟クランの一つ『ダンジョウ拳闘倶楽部』の中核メンバーには、『薬師恩寵《ヒーリンググレイス》』という治癒能力を活性化させる異能《シギル》の使い手がいる。

彼女――『薬師恩寵《ヒーリンググレイス》』の持ち主であるカエデに言わせると、その異能《シギル》で出来るのは、人が本来持つ治癒能力を活性化する事だけで、死人を生き返らせる事も、病気を治す事も出来ないそうだが、致命傷を一瞬で治癒し、免疫を活性化する事で、病人の回復を数十倍も加速出来る彼女の異能《シギル》は、まさに奇跡と呼ぶにふさわしいものだ。

安心すると、急にのどの渇きを覚える。

近くのサイドボードに、口の長い水差しが置かれているのを見つけて、にじり寄るように手を伸ばす。

「ぐ、ぐおおお……」

と、届かない……。なぜ、このような微妙な位置に置かれているのだ……。

「なにそれレイン。新しいヨガのポーズ？」

シュカが、ノックもせずに入ってくると、こちらの苦境に対して酷いことを言う。

べちゃりと、脱力してつぶれた。

「飲み水を取ってください……」

「はいはい。まだレインは寝てなさいよ」

シュカが、手慣れた様子で再びレインを寝かせると、コップに水を注いで持たせてくれる。

レインは、自分の体の調子を確かめるように、ことさらにチビリチビリと飲んだ。

ほんのりと甘い。水ではなくどうやらスポーツドリンクらしかった。

そうしてる内に、徐々にこわばりが取れ、体に力が戻ってくる。

「私、どれぐらい寝てたんです？」

「三日かな。今はもう水曜の夕方だよ」

言いながら、シュカがレインの横に腰掛けた。

「すいません、水、もう一杯頂けます？ 凄く喉が渇いてて……」

「はいはい。まあ、三日も寝てればね。脱水しないように、時々起こして水は飲ませてたけど」

「はっ……！　まさか、シュカさんが口移しで……！」

「ううん。水差しの口を無理矢理突っ込んだけど？」

「……植木の水やりか」

「あなた一応起きて返事してたんだけど、覚えてない？」

「いえ、全然……」

どうも三日間も朦朧《もうろう》としていたらしい。その間に起こっていた事を想像して無性に恥ずかしくなるが、今更どうしようもないと、レインは開き直った。まあ、その時の醜態を録画していないぐらいの良識と友情ぐらいは期待しても図々しくはないと思う。

「それで、あれからどうなったんです？」

「そうね、まずはそれから話さないとね……」

そう言って、シュカはこの三日間の顛末《てんまつ》を語り始めた。

❖

一通りの説明を聞き終えたレインは、頭を整理する為に目を閉じた。

結論から言えば、今回のフラッグゲームは、勝ちも負けもしなかったらしい。

カナメ達は、予定通りシブヤ南東エリアを新たに押さえたものの、代わりに北東拠点《ポイントB》を『THS《ツインヘッドシャーク》』に奪われての一勝一敗。シブヤ統一は次回以降に持ち越しとなった。

イベント終了後、サンセットトレーベンズは、不可侵条約を反故にした『THS《ツインヘッドシャーク》』に対し報復を実行した。

しかし、カナメが、フラッグゲーム終了の二日後にようやく姿を見せた雪蘭《シュエラン》と士明《シーミン》を引き連れ夜襲をかけた本拠はもぬけの殻で、この報復戦は空振りに終わる。

そして、その後は大きな動きのない膠着《こうちゃく》状態のまま今に至る、らしい。

「なるほど……。ワダツミ——いえ、カジの件は？」

「取り逃がした。でも次は絶対殺すからアイツ」

シュカはそう言い捨ててそっぽを向いた。

やっぱり、取り逃したらしい。

「すいません」

「なんで、あんたが謝るの」

「私の応急処置を優先して取り逃がしたのでは……？」

世界関数《ラプラス》を使うまでもなく、レインにはそれしか考えられなかった。彼女の傷はほとんど致命傷で、手当てが悪ければ、カエデ女史の元に運ぶまで持たなかったのは間違いない。

「別に、手当てを優先した訳じゃないよ。あの時点ではアイツを殺す手段を思いつかなかっただけだから」

なるほど、これがあの有名なツンデレというやつか。

「何？」

「いえっ……、脳内に、ちょっとした、文化的ミーム汚染がっ……」

堪えきれずに、クスクス笑い出す。

死にかけたはずなのに、心が妙に軽いのがレインには不思議だった。あるいは、死にかけたからだろうか。

「……あなた、ほんとに大丈夫？」

呆れられてしまった。

「もちろん。それで、今後の方針は決まっているんですか？」

「今のところ、カナメとリュージで意見が割れてるよ」

どうやらカナメは、次回フラッグゲームの前に、ブラックロータスかTHS《ツインヘッドシャーク》のどちらかにクランマッチを仕掛けて、先んじて潰す事を計画しているようだった。

リュージは逆に、シブヤ統一計画の後ろ倒しをしてでも、守りを固めるべきだと考えているという。

「シュカさんは、どうなんです？」

「……私は……そうね……。今はアイツを殺す事だけ考えてる」

シュカは、しばしの沈黙の後、そう言った。

その表情は透明で、言葉とは裏腹に強い感情は見えない。

「アイツとはカジ……。いえ、シュカさんが捜していたフーリという男の事ですね」

「いつ気づいたの？　さっさと教えてよ……」

「疑いを抱いたのは、あの山奥で初めてカジと戦った後ですけど、確信したのは、フラッグゲームで再戦した時ですから……」

腕を変形させる異能《シギル》を持つ老人という事前情報は、全身を変形できる異能《シギル》を持つ男と全く矛盾しない。それに、あの時見たシュカさんの様子を勘案すれば、他に可能性はなかった。

「しかし、シュカさんの獲物が、あれほどの化け物とは……。貰ってた前金じゃ釣り合いませんよ？」

「あなたクランの仲間から後金取るつもり？　大体、仕方ないでしょ。私も、あそこまでの怪物とは思ってなかったんだから……」

少し拗ねたようにシュカが言う。

「ああ、すいません。今のは冗談です」

「……。あんたの冗談って分かりにくくない？」

「そうですかね……。よく言われるので気にしているんですけど……」

これは、冗談ではなく本当だった。レインにも、自分が多少ズレているという自覚はあった。

「だけど、クランの仲間なら、事情を聞かせてもらってもいいと思います」

レインは、そうキッパリ言って、シュカの目をじっと見つめた。

シュカは、やや迷う様に、視線を彷徨《さまよ》わせていたが、やがて諦めたか、あるいは覚悟を決めたのか、静かに目を閉じ言った。

「分かった……。話すわフーリの事――私がダーウィンズゲームを始めた理由の事を」

「あ、その前に」

「……何よ」

「どうせなら、クランのみんなにも聞いてもらいましょう。二度手間になります」

「アンタねえ……！」

シュカが凄むように言うが、レインがクスクスと笑っているのに気づくと、やがて一緒になって笑い出したのだった。

❖

シュカの中で、その記憶は未だに生々しくて、六年が経った今も風化しようとしない。

彼女の父はノンフィクション作家で、各国のアンダーグラウンド文化を主な取材対象にしていた。

何ヶ月も取材で留守にしていたかと思うと、次の何ヶ月は書斎にこもりきりになる。そういう極端な生活をしていた男だったから、シュカは、どこかへ遊びに連れて行ってもらった様な記憶はほとんどない。ただ、家にいる時にシュカがどんなに纏わり付いても、嫌がるそぶり一つみせずに構ってくれるので、彼女は父親によく懐いていた。

父の著書は、特に売れてはいなかったようだが、名家の一人娘である母親が、使い切れないほどの財産を相続していたおかげで、シュカは何不自由ない子供時代を過ごしていた。

両親は留守がちではあったが、一人娘のシュカに惜しみない愛情を注ぎ、シュカは、その自然な帰結として、少々わがままではあるが天真爛漫な少女に育つ。

柔らかな陽だまりの中に微睡《まどろ》むような、幸福な少女時代。やがて失われる時間だったとしても、それは少女の自然な成長によるものだったはずだ。

だが、それはある日、突然に失われた。

その日は、週末で、雨で、もう春なのに肌寒かった。

しかし、珍しく両親がそろって家にいたので、まだ十歳になったばかりのシュカは一日中上機嫌だった。

夕食と入浴を済ませて、ベッドに入ったものの、その楽しい一日をまだ終わらせたくなかったシュカは、寝室を抜け出して父の書斎に向かった。

　手には、お気に入りの組紐を持っている。もう後は眠るだけだというのに、髪を結んでもらうつもりだったのだ。あの時は、ただ少し甘えたかったのだと、他人事のように彼女は思う。


　一階に下りてすぐに異変に気づいた。

　さびた鉄のような、嗅ぎなれない臭い。

　ひょおと、湿った外の空気が、扉の隙間を通り抜ける。

　シュカは、その風に誘われるように、扉の隙間から書斎を覗き込んだ。


　見知らぬ老人が、血だまりの中に立っていた。

　老人が、その右腕の先に、何か大きなものを貫き持ち上げている。

　老人の右手の指が、奇妙な刃物のように変形し、その塊を突き通しているのが分かった。

　その光景はあまりに非現実的で、老人の腕の先にぶら下がっている大きな塊が、脱力したシュカの父であると理解するのに少し時間を要した。


　老人が、腕を下ろすと、ずるりと父の死体が血だまりへと転がり落ちる。

　父の隣に倒れているのが母だという事に、その時ようやく気がつく。

　老人が、右腕を振って血糊を払うと、刃物のように変形していたはずの右手の指は、ごく普通の老人の指へと変わっていた。

悲鳴を上げた気もするし、上げなかった気もする。

ただ、その見知らぬ老人と確かに目が合った事だけを、シュカは覚えている。

その後、老人はただ静かに踵《きびす》を返し、大きく開け放たれた書斎の窓から、雨が降り続く外へと姿を消した。

後には、両親の死体と、呆然と涙を流すシュカだけが残された。

父と母を殺したその殺人者が、なぜ自分を見逃したのかは、彼女には分からない。

両親を殺すのだけが目的だったのか、あるいは小さな少女を手にかける事は流石に気でも咎《とが》めたのか。

いずれにせよ、彼女にとってはどうでもいいことだった。

あの殺人者が、両親にしたのと同じ――いやその十倍以上の苦しみを持って、報いを受けさせる。

それが、十歳の少女の人生の目的となったのだから。


若き資産家の夫婦が殺されたこの事件は、大きく世間の耳目《じもく》を集めた。

警察は大規模な捜査本部を立ち上げたが、シュカの目撃証言――右手の指を刃物の様に変形させた老人――は荒唐無稽で、警察は混乱した少女の勘違いであるとして処理する。

葬儀を終え、両親が残した膨大な財産と巨額の保険金を、母親が所有していた資産管理会社に任せると、シュカは一人、孤独な戦いを開始する。

警察の捜査は難航し、これといった手がかりも見

つからぬまま、やがて捜査本部も縮小されてしまったが、シュカは気にしなかった。最初から、警察には期待していない。

　シュカは、父が生前に残した膨大な取材メモに、何か犯人につながる手がかりがあるかもしれないと考え必死に調べた。それは、警察が一度調査して、後日返却されたものに過ぎなかったが、十歳の少女に過ぎないシュカに、他に仇を捜すあてがないのも事実だった。


　父の書斎から、見覚えのないスマホを見つけたのは偶然だった。父が普段使っていたものとは違う機種が、机の引き出しの奥に隠すように仕舞われていたのだ。

　スマホのパスワードは、一度で解けた。

　０３２６。

（私の誕生日だなんて馬鹿みたい……。こういうパスワードはすぐ解かれちゃうんだから……）

　ひょっとすると、犯人の手がかりになるような情報があるかもしれない。そういう淡い期待はあったが、そこまで当て込んでいたわけではない。だが、このスマホがシュカの運命を決定的に変える事になる。

　スマホのホーム画面には、最初から入っているような、ごく普通のアプリに交じり、父がインストールしたらしい見慣れぬゲームアプリが入っていた。

（ダーウィンズゲーム……？　ゲームなんてやらない人だったのに、こっそりやっていたのかな……？）

　何気なくタップするが、ゲームは起動しない。

　スマホの故障かと思い、試しに他のアプリをタップしてみるが、そちらは問題なく動く。

（……おかしいな）

　奇妙に思うが、特にコンピューターに詳しいわけでもないシュカにはどうしようもない。

だが、父が残した取材メモに、『Dゲーム』という単語が頻出している事を思い出す。

この『Dゲーム』が、スマホに入っているダーウィンズゲームの事であると仮定して取材メモを読みなおすと、奇妙なほどに符号する。

（間違いない……！　パパは、このアプリの事を調べていたんだ……！）

だが、このまともに起動すらしないゲームアプリの事を、なぜ調べていたのかは、どんなに取材メモを読み込んでもシュカには分からなかった。

❖

「それから五年ぐらいは、特に進展はなかったよ。友達からDゲームの招待状を送りつけられるまではね……」

シュカは、皆の前でそこまで話すと一度言葉を切った。

いつもの娯楽室には、留守中だった雪蘭《シュエラン》以外、サンセットレーベンズの全員がそろっている。

（なるほど、私に調べさせていたのはお父さんの仇だったのですか……）

レインが想像するに、シュカの父は、Dゲームを調べる中、Dゲームのプレイヤーになってしまったのだろう。一度起動されたDゲームアプリは、なぜか他の人間には操作できなくなる。シュカが起動できなかったのは、それが理由だろう。

だがシュカの父が死後転送されなかった事は少々奇妙だ。Dゲームをプレイ中のプレイヤーが死んだ場合、数分から数十分の間に、死体がどこかへ転送消去されるのだ。つまり、犯人はDゲームとしてではなく、あくまでゲーム外でシュカの父を殺したのだ。すると、シュカの父が殺された理由は、Dゲームのポイント目的ではないという事になる。

レインが、その事を問い正そうと口を開きかけた時、ようやく周囲が押し黙り、涙ぐんでいる者が多いという事に気づいた。スイなどは、グスグスと嗚咽さえ漏らしている。

「ぐすっ……ぐすっ……、シュカさん、そんな辛い事があったんですね……。十歳なんて、私よりも小さい時なのに……ぐすっ……。もし、私だったら絶対死んじゃいます……」

「なんでスイがそこまで泣くかな……。別に、今はもう平気だよ。ただ仇を殺したいだけ」

完全に泣き始めたスイに、シュカの方が戸惑っている。

(あれ……。ひょっとして私、空気読めないってやつでしょうか……)

むぅと、出鼻をくじかれる。

「泣かせるじゃねえか……。俺も家族を殺された恨みは分かるつもりだぜ。もちろん協力は惜しまねえ」

かつてDゲームで弟を喪ったリュージの声も熱が入っている。

「その様子だと、カナメはもう知ってたのか?」

「ああ、以前軽くな……。だけど、ここまで詳しい話を聞いたのは初めてだ」

複数の友人をDゲームで喪っているカナメも、立ち振る舞いこそ静かだが、やはり瞳はもの悲しかった。

士明《シーミン》も、静かに皆の話に聞き入っている。

レインは、なんだか、自分だけが薄情者になったような気分になるが、シュカの気持ちが分からないわけではなかった。常に、感情を訴える自分と、それを冷静に見つめている自分、その両方が、自己の中に存在している感じなのだ。

そういえば、両親が離婚した時にも涙を流した記憶がない。

そんなレインにとって、ああもストレートに感情を表現できるスイは羨ましくもあるのだが、自分の離人症的な感性が、Dゲームを生き残る上で大いに役立った事も事実だった。

きっとこれも、自分のサンセットレーベンズでの役割の一つだ。そう思うと、なんだか気が楽になった。

いずれにせよ、自分の心など自分でもどうしようもないのだから、自分に出来る事をするしかないのではあるが。

「シュカさん、一つ確認したいのですが。ご両親、特にシュカさんのお父様は、最後まで転送されなかったのですか?」

「……うん。たぶんパパは、Dゲーム外の私闘で殺されたんだと思う……。それが何?」

少し戸惑いながらも、シュカが答えてくれる。

なるほど、確認が取れた。

レインの中で、ずっと完成を待っていた巨大なパズルが、一気に組み上がっていく。

ブラックロータスに加入したというフーリという老人。

二人のカジ。

リュージの嘘発見器《トゥルーオアライ》を欺く嘘。

ＴＨＳ《ツインヘッドシャーク》の突然の裏切り。

ワダツミに化けていた怪物。

そして、死後転送されなかったシュカの父。

いくつもの疑問と謎が、組み合わさって、たった一つの事実を浮き上がらせていく。

「ようやく分かりました……」

もし推論が観測された事実と異なるなら、その前提を見直すしかない。

「ワダツミ——THS《ツインヘッドシャーク》の裏切りの事か？」

カナメが、険しい顔で言う。

「ええ、それもありますが、一番はカジの事です。生きているカジと、倉庫の中で死んでいたカジ。二人のカジ……」

「ああ、そもそもあの野郎が俺達を罠にかけやがったのが、そもそもの発端だよなァ……。畜生、俺があいつの嘘を見抜けてさえいれば……」

リュージが悔しげにうつむく。

「いえ、リュージさんは、ちゃんと嘘を見抜いたじゃないですか。あの山の倉庫で戦う直前に、あの男がカジではないと」

「ああ？　だが、結局あいつがブラックロータスのリーダーなんじゃねえのか？　その後、俺たちにDゲームアプリを使って宣戦布告してきやがったわけだしよぉ……」

「そうだぜレイン。仮に姿を変える異能《シギル》で、別人に化けたとしたってDゲームで他人のアカウントは操作できない。そうでなくても、プレイヤーが死んだら、アカウントは凍結だろ」

「本来のルールではそうです。でも、考えてもみてください。Dゲームがそんな公正なゲームですか？」

カナメの疑問に、レインが逆に問いかける。

「むしろカナメさんは、よく知っているはずです。何せ、Dゲームにおける特別扱い——特権の持ち主なんですから」

そうだ。ダーウィンズゲームは、公正《フェア》なゲームではない。

悪辣《あくらつ》で、不平等で、不正に満ちた悪意のゲームだ。

だが、レイン達はその中で生き抜かなければならない。

まして、サンセットレーベンズは、運営に喧嘩を売っているのだ。

誰よりもタフで賢くなり、仲間と強く結束しなければ、絶対に生き残れない。

「……まさか……？　いや、そういうことか……？」

最初は戸惑っていたカナメだが、やがて真相に気づいたのか、顔が徐々に険しくなっていく。

「はい。間違いありません。カジ——いぇフーリという男は、カナメさんと同じく特権持ちです」

レインは、確信を持ってそう答えた。

❖

特権。

Dゲームにおける特権とは、文字通り、一部プレイヤーにのみ運営から与えられる特別な権利である。他のプレイヤーにはあり得ない、ゲームにおける特例措置を受ける事が出来るのだ。

特権は、Dゲームのイベント勝利者にのみ与えられると言われており、事実カナメは、数ヶ月前にシブヤで行われた『宝探しゲーム』というイベントで見事勝利し、運営から『勝者総取り《ハイローラー》』という特権を獲得した。

この勝者総取り《ハイローラー》という特権は、カナメが行うランクマッチやクランマッチにおいて、一度のマッチでやりとりされる賭け金《ポイント》を、一方的にいくらでも積ませるという物で、サンセットレーベンズの力の象徴——ある種の抑止力として機能している。

この特権は、カナメ自身が運営と交渉して決定した権利であり、オリジナルなものだ。もちろん、カナメ以外のプレイヤーが持つ特権も同様であり、『Dゲームで賭場を開帳する権利』や『Dゲーム内で保険契約を行う権利』など、プレイヤーが望んだ様々な特権が存在する。

この特権というシステムは、プレイヤーにとってイベント勝利への最大の動機付けになっているのだ。

「あの、すいません。フーリが特権持ちってどういうことですか？　カナメさんは分かったみたいですけど、私はまだよく分からなくて……」

スイが、戸惑ったように言う。

カナメと士明《シーミン》を除く他のメンバーも、同じようにまだ理解出来ていない風である。

「レイン様。一度最初から整理してお話ししたらいかがでしょう？」

士明《シーミン》の言《げん》に、レインは頷いた。

どうも先走り過ぎたらしいと、レインは反省する。悪い癖だ。

「すいません。そもそも、私がブラックロータスの偵察に行ったのは、フーリという老人が最近ブラックロータスに加入したという情報を手に入れたからなんです」

「……ああそれは、私の依頼ね？」

「はい。そこでは大した収穫はなかったのですが、その後、ブラックロータスのカジがアジトに来て、同盟と武器の買い取りを申し入れてきたのは、皆さんご存じの通りです。この時のカジが本物のカジ――便宜上《べんぎじょう》カジAとしましょう――」

レインの考えはこうだ。

ブラックロータスは、サンセットレーベンズに対する態度の違いから、同盟派と敵対派の二つの派閥に割れていた。

クランリーダーであるカジAは同盟派であり、一部敵対派の暴走に手を焼いていたが、そこにカジAの信頼を得ていたフーリが、敵対派が集めている武器を手土産にサンセットレーベンズへ同盟を結ぶ策を提案する。

それを飲んだカジAは、単身、サンセットレーベンズのアジトに乗り込み、同盟と武器売却を取り付ける。

この時、カジA自身は本心から同盟を望んでいるので、リュージの異能《シギル》には反応しない。

武器売却は、カジAとフーリの独断な為、その二人のみで山中の倉庫へと向かった。

そして、本性を現したフーリがカジAを殺し、その変身する異能《シギル》を使いカジに成り代わる。このカジBが、サンセットレーベンズを倉庫の前で出迎えた方のカジであり、ゆえにリュージの嘘発見器《トゥルーオアライ》に反応した。

そして、直前までサンセットレーベンズとの不戦条約に合意していたワダツミが、突如反旗を翻した理由も同じだ。どこかの時点で、本物のワダツミを殺してフーリが入れ替わったのだ。

「なるほど、そこまではいい。そこまでは筋が通るぜ……」

レインの話を聞き、リュージが感心したようにいう。

「だけどよぉ、その話だと、その後にカジがDゲームのアカウントで宣戦布告をしてきた理由が説明出来ねえ。Dゲームのアプリは、他人には操作できねえ」

「それだけじゃないわよ。カジAやワダツミが死んだなら、クランの代表権はサブリーダー以下に移る筈《はず》でしょ。クランのメンバーにばれない訳がない」

リュージとシュカが言うことはもっともだ。レインも、それが疑問で、二人のカジの謎が解けなかった。・・・・・・・・・だが、シュカの父親がDゲームについて取材していたノンフィクション作家であり、それをわざわざゲーム外でフーリが殺したのだとすれば、もう一つの仮説が浮上する。

フーリが『処刑人』だという仮説だ。

状況からすれば、シュカの父親が異能《シギル》使いに殺された理由は、Dゲームの調査をしていたから以外には考えづらい。そして、Dゲームには、以前から運営子飼いの処刑人が存在するという噂があるのだ。

処刑人。ダーウィンズゲームの規約違反者や、ダーウィンズゲームの事を調査するジャーナリストや政府関係者を始末する殺し屋だ。

レインは、もともと処刑人の噂については否定的だった。ダーウィンズゲームの運営は、常識どころか物理法則すら超越するような力を持っているのだから、邪魔な人間など、それこそ強制転送で人型アートにでもしてしまえばいいのであって、わざわざ処刑人などを使って手間をかけて殺す理由がない。そう考えていたのだ。

しかし、それはいささか浅はかだったと、今は考えを改めた。

ダーウィンズゲームの運営は、プレイヤー同士を殺し合わせたいのだ。

だからこそ、規約違反プレイヤーだろうと、わざわざ処刑人を使って殺させる。

今はそういう事もありうるだろうと考えている。

そして、処刑人には、もう一つ噂がある。

処刑人は、運営にスカウトされた元プレイヤーで、運営の為に働く見返りとして特権を得ているという噂だ。

「あ、分かりました！」

「ああそうか……。つまり特権持ちと考えれば全部筋が通るわけね……」

スイが、パァっと顔を明るくして手を合わせ、シュカも納得したようにつぶやく。

「おいおい、スイまで分かったのかよ。俺にはさっぱり分からねえんだけど」

取り残されたリュージだけが、そうぼやく。

「つまりですね、リュージさん――」

レインは言った。

「フーリという男は、他人のアカウントを乗っ取る特権を持っているんですよ」

❖

もう十年以上前のことだ。

男にダーウィンズゲームを教えたのは、彼が当時世話になっていたヤクザの一人だった。

そのゲームを起動すれば、異能《シギル》と呼ばれる超能力が身につく。

与太としか思えない触れ込みではあったが、昔なじみに魔法じみた力を実演して見せられれば否応もない。

もはや老境にさしかかり、好奇心など枯れきっていたと思っていた男であったが、実在する超能力を見せられれば、さすがに心が躍った。男は、当時のあだ名であった『狐《フーリ》』と名乗ることにし、ゲームを開始する。

当時のＤゲームは、日本の裏社会の一部だけで知られる存在に過ぎず、現在のような大規模なゲームではなかった。実装されている機能も個人戦のみであり、クランシステムやランキングはまだ存在しなかった。

とはいえ、当時からＤゲームが与える『異能《シギル》』については本物であり、その存在が裏社会で徐々に広まっていった。今考えれば、殺人ゲームにもっとも馴染むだろう連中を対象にした、クローズドβテストのようなものだったのかもしれない。

フーリが得た異能《シギル》は『太歳の小指《フェイクイモータル》』。この力は男に事実上の不死を与え、男の老いた肉体に全盛期の力を取り戻させる。

太歳の小指《フェイクイモータル》は、当時はもとより、プレイヤーが爆発的に増加した今においても破格の異能《シギル》だった。男は与えられたその異能《シギル》に熱狂したが、しかし熱心なＤゲームプレイヤーにはならなかった。

もともと裏社会の住人であり、従軍経験もあった男にとって、いまさら人殺しに抵抗感などなかったが、当時のＤゲームでやりとりされていたポイントはまだ少額であり、男にとって魅力的なものではなかったのだ。

男の異能《シギル》は、主にゲーム外——裏社会での仕事に活用された。

腕力と反射神経を強化すれば、喧嘩で遅れを取る事はない。腕を刃物に変えれば、あらかじめ凶器を用意する必要などなく相手を簡単に殺す事が出来る。顔を変えれば、警察からの逃走も容易い。

フーリは、暴力の化身として、裏社会で思うさま力を振るったのだ。

そうして数年が過ぎる。
その頃になると、Ｄゲームは完全に停滞していた。
当時のＤゲームは、招待制ＳＮＳ《ソーシャルネットワーキングサービス》の様な仕組みで運営されており、新規プレイヤーが増えるルートは、既存プレイヤーからの招待に限定されていた。これは、ゲームの秘密を守るのには都合が良かったが、既存のプレイヤーが異能《シギル》という既得権を守る事を優先するようになり、新規プレイヤーの招待を徐々に行わなくなっていったのだ。

フーリ自身も、相変わらずDゲーム自体はプレイしていなかった。当初と同じく、支払われるポイントは少額であり、金銭方面での動機付けは薄いままだったのだ。

だがある日、彼に転機が訪れる。彼の元にDゲーム運営からメッセージが届いたのだ。

ターゲットの肩書きと名前のみが指定されたシンプルな文面。ある大物官僚の殺害依頼だった。

そのメッセージには、前金とばかりに多額のポイントが添付されており、成功したならこの三倍のポイントを支払う旨が記されていた。

別に、依頼を受ける旨の返事をしたわけでもない。先に振り込まれたポイントだけ頂いて無視してやってもよかったのだが、男は依頼を引き受けることにした。

ちょうど世話になっていた組が、ある抗争の責任を取る形で取り潰しになり、暇を持てあましていたという事もあったし、単純にその報酬が魅力的だった。

なにせ、Dゲームのポイントを現金化する場合、それは銀行振り込みを介して行われるのだ。

どうやって各国の厳しいマネーロンダリング規制をくぐり抜けているのかは見当も付かなかったが、裏社会の人間ほど表社会で使いやすい綺麗《クリーン》な金の価値は高い。

依頼自体は、拍子抜けするぐらい簡単だった。

ターゲット宅の庭先に姿を変えて潜み、出会い頭に刺し殺す。

翌日、依頼達成を報告する前に、運営から大量のポイントが付与されている事に気づいた。

相手が、どうやって結果を知ったのかは、男にとってはどうでもいい事だった。どうせ、もともと得体の知れない相手だ。この方が手間が掛からなくて良いと割り切る。

　この様な依頼が、年に数回のペースで続いた。

　ターゲットは様々だった。

　政治家、官僚、ジャーナリスト、企業経営者。

　使うたびに男の異能《シギル》は研ぎ澄まされ、老若男女に自在に姿を変える事が出来るだけでなく、ついには人間以外の姿を取る事さえ可能になる。

　そして、フーリが依頼をこなすのと歩調を合わせるかのように、ダーウィンズゲームも拡大していく。

　運営が規模拡大に舵を切ったのか、プレイヤーにばらまくポイントは増加。プレイヤーを招待する差出人不明のチェーンメールまで現れ、裏社会の住人以外にもプレイヤーが現れ始める。

　また、Dゲーム自体にも、次々アップデートが施され、洗脳、死体転送による隠蔽《いんぺい》機能、クラン戦やプレイヤーランキングなど、今のダーウィンズゲームに近いシステムが出来上がっていったのだ。

　フーリはやがて、殺した相手へと姿を変え、その身分を乗っ取って暮らすようになっていた。

　このやり方は極めて合理的だった。財産や住居を得られるだけでなく、身分証を偽造する手間すら省ける。やがて、そんな風に異なる身分を使い捨てにする事が日常と化していく。

　そんな生活が長く続いた。

　名と姿を使い捨てにすること。

　不死に慣れ、自他の命を軽んじること。

　その日常は、男の精神を静かに蝕んでいった。

既にフーリは、元の老人の姿を取る事の方が稀となり、両親に与えられたはずの本名すら忘れ去ってしまっていた。

男が元々持っていた筈《はず》の人間としてのアイデンティティは希薄になり、ダーウィンズゲームのプレイヤー『フーリ』としてだけ生きる存在になっていく。

それはもう、人間というよりは、異能《シギル》にこびりついた『フーリ』という残滓《ざんし》のようなものだった。


その日もまた、Dゲーム運営からの依頼を一つこなした。

もう、金銭など唸るほどに積み上がっていたが、フーリにとって運営からの依頼をこなす事だけが、最後に残った執着のようなものになっていた。

ただ、その日、運営から届いた成功報酬はいつもと異なっていた。

いつも通りの多額のポイントに加え、男が望む通りのゲーム上の特権を一つくれるというのだ。

男は、自分の中へ久しぶりの欲望の火がともる事を感じた。

ダーウィンズゲーム上の自由な特権。

一体何が良いだろうか？

男は一晩考え、翌日初めて運営へメッセージを送った。

マルチアカウント。

殺した相手のアカウントを乗っ取り、複数のアカウントを切り替えて使用できる特権。

殺した相手の身分を乗っ取って暮らしていたフーリにとって、ダーウィンズゲームへの唯一の不満点、それは殺した相手がダーウィンズゲームのプレイヤーだった場合でも、ダーウィンズゲームのアカウントを乗っ取る事が出来ない事だったのだ。

そして、男の望みは叶えられた。

❖

レインの元に次のフラッグゲーム開催告知が届いたのは、目覚めてから三日後の早朝だった。

次の開催は前回から数えて二週間後となる土曜夕刻。

フラッグゲームは、基本的には毎週一回の開催なのだが、今回のように時々間隔が空くことがある。追加で与えられた一週間は、少なからぬ損害を受けたサンセットレーベンズにとっては貴重な猶予となった。

そして、次のフラッグゲームへ向けレインが立てた作戦は『特に何もしない』だった。

正確には被害の復旧と現状維持だ。

案は、他にもいくつかあった。

カナメとシュカが推していたのは、ブラックロータスとＴＨＳ《ツインヘッドシャーク》へのクランマッチだ。クランマッチで、カナメの特権『勝者総取り《ハイローラー》』を使用し、ブラックロータスを破産に追い込めば、ブラックロータスのメンバー全員をポイント全損に追い込むことが出来る。サンセットレーベンズが対エイス戦で用いたのと同じ戦略だ。

だが、ブラックロータスとＴＨＳ《ツインヘッドシャーク》のメンバーが共に姿をくらましてしまっている事、そして、仮にポイント全損措置に追い込めたとしても、複数のアカウントを持つと思われるフーリを仕留められるとは限らないのが問題だった。

フーリは、少なくともブラックロータスのリーダー『カジ』と、ＴＨＳ《ツインヘッドシャーク》のリーダー『ワダツミ』の二つのアカウントに加え、元々使っていたであろう『フーリ』のアカウントを持っているはずだ。カナメの特権

『勝者総取り《ハイローラー》』で、クラン全体をポイント全損に追い込んでも、別クランのアカウントにまでは全損処理は及ばないだろう。

そして、ブラックロータスとTHS《ツインヘッドシャーク》以外のアカウントにフーリが逃げ込んだ場合、フーリの特定すら困難になる。

フーリを仕留めるなら、直接殺すしかない。

その為には、こちらがフーリの特権について感づいている事を悟られてはならない。

それが『特に何もしない』というレインの結論であり、カナメとシュカも最後は納得した。

問題は、あの不死身とも思えるフーリを殺す方法だった。レインは、トレーニングルームでリハビリの筋トレをしながら、そんな物騒な考えに没頭していた。

恐らくフーリは、脳や心臓などの急所となる臓器を、通常とは異なる位置へと移動させている。もしかすると、それらのバックアップを複数持ち、延々と再生する事すら可能かもしれない。

まさに正真正銘の怪物だ。尋常な手段で殺せる相手ではなかった。

有力な案の一つは、スイとソータの異能《シギル》で全身を氷漬けにしてしまう方法だ。

だが、これには大量の水を用意する必要があり、特定地点にフーリを誘い込む必要がある。フーリが逃げを打った場合のプランBが必要だった。

もう一つあり得る手段は、フーリが持つ急所の位置を見破って、その全てを同時に潰す事だ。

レインの世界関数《ラプラス》を使えば、急所の位置を見破る事は不可能ではない。だが、レインにはフーリの急所を複数同時に攻撃できる様な攻撃手段がなかった。

手詰まりだった。

「調子はどうじゃレインよ」

珍しく雪蘭《シュエラン》が、トレーニングルームに顔を出すとそう言った。

「傷はもう大丈夫です。ご迷惑をおかけしましたです」

「ならいい。儂が居なかったとはいえ無茶をしたものだ」

「次のフラッグゲームは参加してくださいよ……。ただでさえ、こっちは少数精鋭なんですから」

「任せておけ。野暮用は片付いた」

「野暮用……？」

野暮用の中身については、レインにはとても聞けない。この女性の本職は暗殺者なのだ。

「しかし、例のフーリとかいう化け物。話を聞く限りでは、儂でも殺すのは難しいぞ。儂は人間専門じゃからな」

「雪蘭《シュエラン》さんでもですか……」

「む……。まあ殺せぬという訳ではないぞ？」

レインが気落ちしてつぶやくと、雪蘭《シュエラン》がムキになったように言う。

「儂なら毒を使う。化け物とはいえ生き物であるなら毒は効くじゃろう」

「まあ、確かに……。どんな毒を使うんです？」

「クラーレなら手持ちがある。どうじゃ？」

「神経毒ですか……」

クラーレ。確か、南米で使われた矢毒の類いだった。確証はないが、効果があるかもしれない。雪蘭《シュエラン》さんには、それで対応してもらおう。

「ですが、私にも何か対策が欲しいんです。私に、あの怪物と接近戦は無理ですし……」

毒を使うには弓矢か刃物を使うしかないが、レインに弓矢の心得はない。単発のボウガンで、あの怪物を相手にするのは避けたいし、近接戦闘など論外だ。

「む、さすがに毒ガスの当てはないぞ。あれば有効だったろうが……」

「Dゲームとはいえ、東京のど真ん中で毒ガス騒ぎは起こしたくないです」

「そもそもレイン。お主が前で戦う必要はあるまい。怪我人だしの」

「怪我はもう大丈夫ですよ」

「フン。万全なお主でも死にかけたではないか。今回は儂もおるのだ。後ろでサポートしておればよい」

雪蘭《シュエラン》が、呆れたように言う。

「確かに、そうかもしれませんが……」

合理的に考えれば、雪蘭《シュエラン》の言う通りである。

だが、レインの中に、何か合理では納得できない何かがあった。

そして、それを解決する事が、次のフラッグゲームを左右する。そういう予感だ。

いや、フラッグゲームだけではない、私自身の生死を分ける気がする。

後ろで引きこもっていては、あの怪物はやり過ごせない。

それは、奇妙な確信だった。

あれは――あの怪物とは戦わなければならない。

シュカの両親の仇であるから、というだけではない。

あれは、文字通り怪物だ。

強いとか、人間離れしているとか、そういう話ではない。

そう、あの在り方は生命を冒涜している。

さて、自分はそんな怪物と戦えるだろうか。

死にかけたばかりだが、不思議と戦意は萎えていない。

だが、それだけでは戦えない。何か武器が必要だった。


そうして、レインはフラッグゲーム当日を迎えた。

❖

シブヤに夜が迫っていた。

フラッグゲーム当日を迎えたサンセットレーベンズは、全ての準備を終え、既に配置についている。

レインが時刻を確認すると、フラッグゲーム開始までは、まだ30分ほど猶予がある。

前回のフラッグゲームは、日没と同時の開始だったが、今回は日没の20分後だ。

気がつけば、随分と日が短くなっている。もう秋も深いのだ。

「どうせなら、雨でも降ってくれれば良かったんですが……」

レインは、アジトの屋上で空を見上げてひとり愚痴った。

雨中ならば、スイの異能《シギル》は飛躍的に力を増す。だが、星が見え始めた夕空は澄み切っていて雨の気配などまるでない。天の援軍は期待できそうになかった。

『こちらカナメ。今のところ敵影はなしだ』

「了解です」

カナメ率いる攻撃班——カナメ、リュージ、士明《シーミン》の三人——の目標は、前回奪われた北東エリアにTHS《ツインヘッドシャーク》

が設置したフラッグの破壊である。

　フラッグは、THS《ツインヘッドシャーク》の持ちビル内の一室に設置されている。通例なら、フラッグゲーム開始後に拠点攻略を開始するのだが、今回カナメ達は、既にそのビル内部にいた。

　ビルのセキュリティは、既に完全に破壊されつくされ、建物はカナメ達に完全に占拠されている。

　フラッグゲーム開始までの二週間に、カナメ達は、ブラックロータスとTHS《ツインヘッドシャーク》に対する徹底的な報復攻撃を行った。

　両クランのメンバーが完全に姿を消していた為、人的な損害は与えられていないが、その所有不動産を徹底的に破壊しつくし、防衛機能の喪失に追い込んでいる。

『しかし、THS《ツインヘッドシャーク》の連中出てくるかね？　このまましっぽ巻いて逃げちまうんじゃねえか？』

　暇そうなリュージが、緊張感のない軽口をたたく。

「出てきますよ、恐らく。THS《ツインヘッドシャーク》率いるワダツミは、武闘派で売っている強面です。ここまで徹底的に面子を潰せば、出てこざるを得ません」

『いや、ワダツミならそうかもしれねえが、今はフーリと入れ替わってるんだろ？』

「だからこそです。フーリは、クランメンバーの前では、ワダツミ以上にワダツミらしく振る舞わなければならないはずです」

『なるほど、偽者だからこそ、か』

　そして、THS《ツインヘッドシャーク》が動くなら、同時にブラックロータスも動くはずだ。リスクを冒して戦わざるを得ないのなら、戦力を逐次投入する理由はない。

　すうと、辺りが闇が落ちる。

　ゲーム開始まであと二十分。

レインは、手元のタブレットでマップを確認した。

マップには、サンセットレーベンズ全員の位置と、マップサーチの情報が統合表示されている。

レインは、この二週間で、アジトのワークステーションで統合したデータを、メンバーに再配信するシステムを組み上げていた。タブレットに表示されているマップは、その成果だった。

今のところ、マップに敵影はない。

だが、恐らくフーリ達は、ハイドクロークを使った奇襲を狙ってくると考えられ、マップサーチよりも目視による発見が生命線となる。


キンッ、と鋭い金属音が響くと、レインの横にふわりとシュカが着地した。

「――今のところ、敵影はないわ。フーリの奴はどこから来るのかしらね」

「まあ、まっとうには来ないと思いますよ」

「どうして」

「私たちからすればフーリは脅威ですが、フーリからしても怖いでしょう、シュカさんが」

「それ冗談？」

「シュカさんが、私をフーリから助けたんじゃないですか」

レインはじっとシュカを見つめて真顔で言った。

「ま、そうね。恩に着てる？」

「そうですね。命の恩人だと思ってお慕いしています。あ、これは冗談です」

「分かりにくいのよ。アンタの冗談は」

「でも、フーリがシュカさんを怖がっているってのは、冗談ではないですよ」

あの時、フーリの顔を見たから分かる。あの男は怖がっていた。恐怖したからこそ、シュカの父親へと姿を変えてシュカを惑わせた。

「あの卑怯な振る舞いは、恐怖の表れです。だから、我々が勝ちますよ」

レインは、そう言い切ると、空を見上げた。

夜空は澄み渡り、このシブヤでもいくつか星が見える。

フラッグゲーム開始まで、残り十分。

その時だった。レインのイヤホンが警告音を発する。とっさにタブレットを操作し、監視カメラ画面に切り替えた。

南東・南西エリアの持ちビル、そして北西エリアにあるこの本拠地《アジト》の監視カメラ――つまりサンセットレーベンズを持つ全拠点に、横付けされた大型ワンボックスカーと、そこから降りてくる作業服姿の男達が映っていた。手には電動カッターや工具などを持っている。

「――来ました。敵です」

そう、相手もゲーム開始前に仕掛けてきたのだ。

フラッグゲーム開始十分前。

フーリは、サンセットレーベンズのアジトに横付けした車の中にいた。

同乗していたTHS《ツインヘッドシャーク》の部下達を送り出し、今は一人携帯で話している。

通話相手は、ブラックロータスメンバーの一人だ。フーリは今、ワダツミの姿を取ったまま、カジの声音を出して喋っている。

巨漢のワダツミが、色男然とした声で話す奇妙なお芝居だが、見とがめる観客はいない。

フーリは、状況を一通り聞き取った後に通話を切る。

一人二役も楽ではない。フーリは、声帯をワダツミの物に戻しつつ苦笑した。

現在、ブラックロータスとTHS《ツインヘッドシャーク》は攻守同盟を結び、こうして共同戦線を張るまでになっている。

もちろんこれは、フーリの手引き――というより自作自演である。

どこかの段階でカジは死んだことにして、ブラックロータスをTHS《ツインヘッドシャーク》に吸収させてしまう腹づもりだったが、さすがに攻守同盟を結んだばかりの今では性急に過ぎるだろう。そうフーリは考えていた。

次いで、夜々連《ヤヤレン》の幹部の一人に電話を掛ける。フーリは夜々連《ヤヤレン》に対しても、既に潜入を果たし幹部達の信用を得るまでにのし上がっていた。今回も、自身の作戦情報を提供して、サンセットレーベンズに対する火事場泥棒をする様に働きかけてある。

通話を入れると、フーリからの情報に対しやや半信半疑だった夜々連《ヤヤレン》の連中が、実際に作戦が実行されるのを見て、今回のフラッグゲームに乗り出す事が確認できた。これで、対サンセットレーベンズの頭数が増える上、夜々連幹部の信用を得ることも出来るというわけだった。

フーリは、車を降りると、身体の調子を確かめるように軽く準備運動をした。

やはり、身分を残すならカジではなくワダツミだ。

基礎的な身体能力の高さもあるが、異能《シギル》がフーリの物に近く偽装しやすい。

THS《ツインヘッドシャーク》の部下達も、力を見せさえすれば従うタイプが多く、統率しやすかった。

フーリは現在、サンセットレーベンズの拠点三カ所に対し同時攻撃を仕掛けていた。

大規模飽和攻撃。

これが、対サンセットレーベンズ用にフーリが用意した作戦だった。

サンセットレーベンズは少数精鋭のクランだ。つまり、精鋭ではあるが少数でしかない。

処理能力を超える多勢をぶつければ、どんな精鋭であれパンクするのだ。

シンプルだが、それがゆえに、弱点がない作戦だった。

その上、もう一つの焦点である北東エリアのTHS《ツインヘッドシャーク》のフラッグに対しても異能《シギル》『梟眼《ワイズオウル》』を持つ見張りを残している。梟眼《ワイズオウル》は、生き物のオーラを見るという地味な異能《シギル》だが、長じれば、移動の痕跡や、異能《シギル》発動の兆候まで見破る事が出来る。その見張りの男は、なかなかの達人で、ビルの壁越しにもオーラの知覚が可能だった。

その男からの報告で、THS《ツインヘッドシャーク》の拠点に、カナメを含むサンセットレーベンズ主要メンバー三人がいる事は確認済みだ。ただでさえ少ないサンセットレーベンズの戦力がさらに分散している。好都合だった。

このまま本拠地さえ落としてしまえば、サンセットレーベンズの名声は地に落ちる。

力による威を示せないクランなど、水に落ちた犬同然だ。周辺クランは同盟を組むどころか、よってたかって食い物にしてしまうだろう。

本拠地攻略組として、THS《ツインヘッドシャーク》の中でも腕利きの異能《シギル》使いを厳選して連れて来た。特に、『魔炎の王《イフリート》』を持つBランカー『フリント』は、厄介な敵の氷使いに対する切り札になり得る。

　フーリは、勝利を確信していた。

　キイイイイイと、鋭い音を立て、部下達がビルのシャッターを切断している。

　Dゲーム開始前なので、周囲には沢山の通行人がいる。だが、作業着を着込んで工員に偽装したのが奏功し、見とがめられる様子はない。

「まだ切れねえのか？」

「すいやせん、あと少しっす」

　部下達の背後に立ち、わざと苛立ったように声をかけた。もちろんこれは、ワダツミらしく振る舞う為の演技である。フーリ自身は至って冷静だった。

　今のところ、サンセットレーベンズ側の迎撃はなかった。

　こちら側が奇襲をかけたという事もあるが、戦闘が一般人へ露見するのを嫌っているのだろう。

　THS《ツインヘッドシャーク》・ブラックロータスの両メンバーは、全員がハイドクロークを使ってゲームアイコンを隠していた。これは奇襲の為と、クランマッチを仕掛けられてDゲームの隠蔽機能を利用されないようにする為の二つの意図があるのだ。

　Dゲームには、プレイヤーがゲームを公にする事を禁じる規約がある。Dゲームの隠蔽機能を使わずに、異能《シギル》を使った戦闘を白昼堂々仕掛ければ、仕掛けた側が規約に抵触する事は間違いない。

　このDゲームにおける数少ない規約を破ったプレイヤーは、運営によって抹殺される。これは明言はされていないプレイヤー間の噂だが、その噂は事実であるとフーリは知っていた。

　何せ、抹殺の片棒を担いでいた本人なのだから当然だ。

ガランと、大きな音を立てて、切断されたシャッターが倒れた。

THS《ツインヘッドシャーク》の部下達が、慎重に中を窺う。

中は真っ暗で、人の気配はない。

その時、見ているかのようなタイミングで、内部の照明が点灯する。

いや、どこかで見ているのだろう。

その上で誘っているのだ。

余裕ぶっているのは気に入らないが、展開は望むところだった。

「突入する。予定通り半分はついてこい。残りはこのまま入り口を固めとけ」

ワダツミらしく不敵に笑って見せると、フーリは命令を下した。

❖

一階、二階、三階――。フーリ達は慎重にサンセットレーベンズのアジトを攻略していた。

ここまでは一切の抵抗がない。前回手こずらされた氷壁による妨害もなしだった。サンセットレーベンズの氷使い対策に、電動カッターに加えて、ドリルと爆薬、切断用バーナー、加えて炎の異能《シギル》使いまで用意したというのに、ここまで出番がない。

それどころかフーリ達が歩を進める度に、まるで歓迎するように廊下の照明が点灯する始末だった。伏兵や、ブービートラップを警戒しつつ進んでいるのが馬鹿らしくなる。

だが、フーリはむしろ警戒を強めていた。

これはもちろん罠に違いない。だが、どういう罠だ？

四階、五階、六階、七階と進んだ。

やはり敵影はなかった。

狐につままれたような気になってくる。

ブラックロータスの連中から、その後の連絡もない。こちらから連絡を入れて情報を取りたいが、周囲にＴＨＳ《ツインヘッドシャーク》の部下達がいる状況では、それも出来ない。

嫌な気分ではあったが、作戦通りに行くしかなかった。

八階——前回のフラッグゲームで、フーリが撤退させられた階に到着した。

フラッグが設置されている階だが、ここにも敵の気配はない。

前回の戦闘で破壊された部分も含めて、窓は全て金属板で塞がれてはいるものの、通路に張り巡らされていた通電ワイヤーのトラップもなかった。

例によって、フーリ達を誘うように照明が点灯する。

（チッ、どういう事だ？）

予想外の展開ではあるが、ならば予定通りフラッグを頂くまでだ。フーリ達は、変わらず慎重に歩を進め、フラッグルームの扉の前まで進んだ。

サンセットレーベンズのフラッグルームは、見るからに頑丈そうな金属製の扉に換装されている。これを破るのは骨が折れそうだった。

「おい、フリント、異能《シギル》で焼き破れ」

フーリが『魔炎の王《イフリート》』を持つ部下に、そう声を掛ける。

命令を受けたフリントが一歩前に出て右手をかざす。その右手の前に、膨大な熱量を封じた魔炎が生まれた。

その直後だった。

扉から、ガチャンと重々しい金属音がした。

「……あの、ワダツミさん。今の音？」

「……確かめてみろ」

フリントが、異能《シギル》を溜めたまま一歩下がる。代わりに進み出た部下の一人が、扉のノブに手を掛けた。グイとノブを回し引くと、簡単に扉が動く。

連中、鍵まで開けやがった。どういう事だ？ まさか、本拠地を丸ごと捨てて逃げるつもりか？ フーリにはもはや意味が分からない。時間稼ぎすら放棄する意図はなんだ？

「待ち伏せを警戒しろ」

部下を扉の左右に下がらせ、慎重に扉を開けさせていく。

「……なんだこれは」

明らかになった扉の向こうを見て、フーリをして呆然とつぶやくしかなかった。

それは水だった。

まるで巨大な水槽《アクアリウム》であるかのように、その部屋は完全に水没している。

その水は開いた扉から漏れもせず、まるで粘性を持ったゼリーのように、ふよふよと揺れている。

「——て、撤ッ——」

フーリの号令はあまりに遅かった。

水があふれた。

❖

透き通った大量の水が、一瞬でフーリ達全員を飲み込み押し流していく。

水の奔流、特に大量の水の奔流に対し、人間が対抗する事は不可能と言って良い。どんな剛力の持ち主であろうと、水中ではその力を発揮する事は出来ない。水が生む浮力が、力を伝える為の地面との摩擦を奪ってしまうからだ。

そして、奇妙なことに水は通路の左右に分かれず一方向にのみ流れていく。異能《シギル》によりコントロールされているのは明白だった。

だが、そこからのフーリの判断は素早かった。ワダツミへの偽装と、危機対応の妥協点として、全身を鮫へと変異させたのだ。

流れに逆らって、身体をくねらせる。

その必死の抵抗も、わずかに流されていく速度が緩む程度のものに過ぎない。だが、これがフーリを生きながらえさせた。そのままに流されたＴＨＳ《ツインヘッドシャーク》の部下達の四肢が、突然バラバラに解体されたのだ。

まるで、通路に見えない刃物でも渡されていたかのような惨状に、フーリは戦慄する。

（なんだ!? 別の異能《シギル》攻撃!?）

フーリは、その背面に瞳を生成し、流れに逆らいつつ異変を確認する。

通路にはキラキラと光る、何か糸のようなものが何本も渡されていた。

（なんだあれは!? あんなもの、さっきは無かったぞ!?）

だが、あれがフーリの部下たちを殺戮した正体であることに間違いない。

フーリは、滑稽なほど必死に泳いだ。肉体の再生力には自信があるが、好んでバラバラにされる趣味はない。異能《シギル》の無駄遣いも避けたかった。

その甲斐あってか、やがて水流が弱まり、水位が膝程度まで下がる

フーリは、その身体をワダツミに戻し、荒い息をついた。

（これは、金属ワイヤーか？）

直前にまで迫っていた死の顎《あぎと》を見上げた。

通路に渡されている無数のワイヤーは、奇妙なほどに光を反射し煌めいている。

フーリが、思わず伸ばしかけた手を止め、跳ね飛ぶようにワイヤーから距離を取ったのは、本能からだった。フーリの命をこれまで何度も救ってきたその生存本能が、今回もフーリの命を救った。

ほとんど同時に、その無数のワイヤーが壁の一方から離れ、鞭のようにしなってフーリへと襲いかかったのだ。

だが、フーリの回避行動は、完全には成功しなかった。ワイヤーの一本が、フーリの右足を絡め取ると、その右足を一瞬で血煙へと変える。バラバラの肉片どころではない、形のあるものは何も残らなかった。

（しまった！　あれはただのワイヤーではない！）

あのワイヤーが持つ奇妙な煌めき。恐らく、あのワイヤーは高速に振動しているのだ。あれを全身に一度喰らえば、フーリでも助かる自信はない。恐るべき必殺の凶器だった。

瞬時に右足を再生させ着地したフーリは、直ちに逃走へと移った。幸い、ワイヤーは長さが足りないのか、それ以上はフーリを追撃しては来なかった。

だが、通路の逆側へと走ろうとしたフーリは、次の瞬間、無様に転倒した。

通路に残った水に足を取られた――のではなかった。フーリの足は、既にくるぶしまで氷に覆われていたのだ。

（氷使い！）

元々、氷使いの存在には警戒していたのだ。生物としてはほぼ不死に近いフーリにとって、多少の低温は致命的ではないが、やはり耐えられる温度には限度がある。だが、水使いとワイヤー使いに気を取られ、氷使いへの警戒が薄れていたのだ。

（そもそも、氷使いと水使いの二人がいるのではなく、同じプレイヤーが二つの能力を持っているのか？）

水使いと氷使い、両方とも水を操作する能力と考えれば、同じ能力の別側面とも考えられる。

フーリは、足の体温だけを局部的に急上昇させ、氷の拘束を緩めると、瞬時に飛び上がり天井へと張り付いた。両手足に生やした吸盤には、フーリの体重を支えるだけの力がある。

「はッ！　まるでゴキブリじゃの！」

そう誰かから声を掛けられたのと、フーリの首筋に奇妙な形の投げナイフ――鏢《ひょう》が突き立つのは完全に同時だった。

「グッ……！」

天井に張り付いたまま、即座に鏢《ひょう》を引き抜いて投げ返す。同時に、体内に入り込んでいた毒に圧力を掛けて排出した。

フーリが気づかぬうちに、見覚えの無い女が通路に立って居た。

その女は、首を軽くそらすだけで、投げ返された鏢《ひょう》をかわすと、面倒そうに嘆息した。

「やれやれ、毒も効かぬのか。本当に化け物じゃの。ゴキブリの方が可愛げがあるわ」

女は、そううそぶきつつ、両手に十手状の刃物を取り出して持った。毒は効かぬかなど、諦めたような事を言いつつも、その刃にはどろりと毒が塗りつけられているのが分かる。

　女は刃物を持ちつつも、構えるでもなくただ、自然な様子で立っているだけだ。殺気も一切感じられない。

　即座に理解する。この女、ご同業だ。

　それも、殺気を完全にコントロール出来る類いの超一流だ。

「毒が効かないんじゃ、やっぱり細切れにするしかないんじゃない？」

　無意識に、後ろへ下がりかけたフーリへ、今度は後方から強烈な殺気が浴びせられる。

　こちらは、その強烈な殺気を隠そうともしていない。

　シュカがフーリを静かに見据えていた。

❖

「細切れにしても復活するじゃろう？　やはり氷漬けが良いのではないか？」

「異能《シギル》が使えなくなるまで、細切れにし続ければいいんじゃないかな」

　シュカと雪蘭《シュエラン》が、軽口を叩きながら、徐々に距離を詰めていく。

　シュカの手には、いつもの鉄鎖に加え、先ほど使っていたワイヤーの束がある。シュカの異能《シギル》

『荊棘の女王《クイーンオブソーン》』は、紐状の物質全般に働く念動力であり、シュカが異能《シギル》で高速に振動させれば、ただの金属ワイヤーも、強烈な切断力を持つ凶器に変わるのだ。

この金属ワイヤーによる攻撃は、シュカが普段使っている鉄鎖以上の凶器であり、シュカにとって切り札的な存在である。ただ、ワイヤーに高速振動を与える事と、鞭のように操作する事を同時に出来ない為、今回のようにワイヤーを建物などに固定出来る室内でないと使いにくい欠点もあった。

シュカは、鉄鎖の先端をゆらめかせ、攻撃のタイミングを計る。鎖をフーリの四肢に打ち込んで拘束しつつ、スイによって氷漬けにしてもらう腹づもりだ。

「……もう勝った気か？」

まるで金属が擦れるようなしわがれた声だった。

もはや声を偽るのを止めたフーリが、天井に張り付いたまま、だらりと腕を下ろす。

その手には、両刃の短剣が握られている。

「疾《シ》ッ」

真っ先に仕掛けたのは、雪蘭《シュエラン》だった。

飛燕《ひえん》のように飛びかかり、その二本の毒剣を振るう。その速さも正確さも尋常のものではない。

だが、フーリはその攻撃を受けると同時に反撃した。

雪蘭《シュエラン》と交錯した瞬間、フーリは背面に新たに二本の腕を生やしていた。二刀を持って受けながら、同時に二刀で斬りかかったのだ。

虚を突かれたのか、雪蘭《シュエラン》が飛びすさる。

だが、同時に背面からシュカの操る四条の鉄鎖が襲いかかった。

しかし、その鉄鎖すらフーリは天井から跳ね飛んでかわすと、地面で跳ね返るようにさらに飛び、雪蘭《シュエラン》へと追撃を掛ける。四本腕を使ったフーリ全力の連撃。いかな達人とて腕が二本しかない以上、この連撃を凌げる道理はない。

だが雪蘭《シュエラン》は、その難事を容易くなさしめる。攻撃を受けた反動すら利用して、絶えず自身の位置をフーリの死角へと遷移させ、その四本腕の利を活かさせない。それどころか、その毒刃をフーリの脇腹へとねじ込んだのだ。

その一瞬、動きを止めたフーリの背後から、だめ押しとばかりにシュカの鉄鎖が襲いかかる。

常人ならば、とうに数度は決着しているはずのその攻防は、それでもなお、終わらなかった。

フーリは、背面の腕を、頭足類じみた触腕へと変化させると、脇腹の毒刃を抜き去りつつ、同時にシュカの鉄鎖を迎え撃ったのだ。

鉄鎖と触腕の攻防は、だがシュカの一方的な優勢で進む。鉄鎖と触腕では、強度も重量も比較にならず、さらに、操り手の練度が圧倒的違ったのだ。

この高速の攻防に巻き込まれないよう、雪蘭《シュエラン》が距離を取る。そして、ついにシュカの鉄鎖が、フーリの触腕を勢いのまま切断しきったその瞬間だった。

追撃に移ろうとするシュカ、隙を窺っていた雪蘭《シュエラン》が、共に弾かれたようにフーリから距離を取る。

フーリの体内から、ピンが抜かれた無数の手榴弾がまき散らされたのだ。

直後、強烈な爆発が、ビル全体を揺さぶった。

❖

手榴弾の炎に全身を焼かれたフーリは、それでもなお逃走していた。

シュカと雪蘭《シュエラン》、二人の達人が距離を取ったその隙に、爆発に焼かれつつも階下へと逃走し、窓ガラスをぶち破り、躊躇《ちゅうちょ》無く空中へと身を躍らせたのだ。

地上7階、30mほどを落下する間に、身体に食い込んだ手榴弾の破片を排出し、爛《ただ》れた皮膚を再生していく。

腹中に隠し持った手榴弾は、まさにフーリの奥の手だった。奥の手まで使わされた以上、フーリにとってもはや戦うという判断はない。

ビルの入り口に残した、THS《ツインヘッドシャーク》の兵隊をビルに突入させて囮《おとり》とし、自分自身はワダツミでもカジでもない、別の誰かになり代わって逃走を図る。それがフーリのプランBだった。

地上に降りた時、既にフーリは、ローティーンの少女へと姿を変えていた。

あらかじめ鞄の中に用意していた女性用の服を身につけると、近くの街路に隠れて、スマホを取り出した。

THS《ツインヘッドシャーク》の一人にコールを掛ける。

「俺だ、今すぐ突入を――」

『おかけになった番号は現在使われておりません――』

フーリに応えてよこしたのは、ダーウィンズゲームの最中に、通常の電話回線を使用した場合に聞こえるふざけた応答音声だった。

慌てて時刻を確認する。

18：02。

とっくに、フラッグゲームは開始されていたのだ。

フーリは、今更に自分の全身が発する警報――強烈な嫌な予感に凍り付いた。

まるで、罠に掛けたつもりが、罠に掛けられたような……。むしろ、とうに自分が詰まされている事に今頃になって気がついたかのような……。

フーリは、思わず物陰から飛び出し、サンセットレーベンズのアジト入り口に待機している筈《はず》のＴＨＳ《ツインヘッドシャーク》の部下達を確認する。

そこに居た――いや、在ったのは、全員分のヒトガタだった。

アスファルトの地面に刻まれた、部下達全員のヒトガタアート。

そして、その真ん中に、三人の男が立っていた。


前の大戦から迷い出てきたような古ぼけた機関銃を下げた、骸骨マスクの男。

場違いな執事姿で、武器の一つも帯びていない老人。

両手に拳銃を提げているのに、まるで友人でも待っているように、自然体で街路に立つ少年。


その三人は、無数のヒトガタに囲まれて立ちながら、返り血一つ浴びていない。

（馬鹿な！　あの三人がなぜここに居る！）

サンセットレーベンズの戦力を分断する為に、フーリはわざわざ、全拠点に対して飽和攻撃を仕掛けたのだ。

攻撃開始からまだ10分と少ししか経過していない。あの飽和攻撃に対処して、ここに戻るのは物理的に不可能だ。

つまり、残る可能性は一つだけ。彼らは全ての拠点を捨てて、ここへと直行したのだ。

何のため？

もちろん、俺《フーリ》を殺すためだ。

少年が、飛び出して来たフーリの方を見た。

須藤カナメ――サンセットレーベンズのリーダー。

彼が持っている程度の拳銃、フーリに取って脅威でもなんでもない。

だが、その茫《ぼう》とした瞳に射すくめられた時、フーリは、もはや偽装をかなぐり捨て走り出した。

そう、恐怖に追い立てられて、ただ逃げ出したのだ。

❖

レインは、雪蘭《シュエラン》から、フーリ逃走の報告を受け、屋上から身を乗り出して階下を見た。すると街路から飛び出してきた少女が、ワンボックスカーに乗り込むのが見えた。

慌てて、近くにいたカナメ達へと呼びかける。

「カナメさん！　その車を逃がさないでください！　ターゲットです！」

カナメとリュージが即座に銃撃するが、急発進したワンボックスは、無数の弾痕を残しつつも、そのままに走り去っていく。

『悪ぃ逃がした。でも、今の子供がフーリだって？　ビルの中に居たんじゃないのか？』

『おいおいマジかよ。アイツ女にも化けれんのか』

『ふむ。相手が持つのは全身を変形できる異能《シギル》です。十分可能性はありますな』

カナメら三人の、戦闘中とは思えない呑気な会話が無線から聞こえた。

まあ、フーリが変身能力を持つことは分かってはいても、一見十四、五歳の少女にしか見えない姿にまで化けられれば、とっさにフーリと判断を付ける事は難しいのは理解出来る。レインも、自分のこの目で確かめなければとても信じられないほどだ。

『しゃあねえ、こっちも車出すか？』

そんなリュージのぼやきに、

「その必要はありませんです」

レインが答えた。

そう、そんな必要は無かった。アジト屋上に陣取っていたレインは、逃げるワンボックスを、狙撃銃のスコープにピタリと捉えていた。

（世界関数《ラプラス》）

ターゲットが、交差点を曲がろうと急ハンドルを切り、重心が外輪に偏ったタイミングをレインは見逃さなかった。

静かに引き金を引き落とす。

車重が掛かっていた外輪を突如バーストさせられたワンボックスは、当然のように横転しつつ歩道へ吹き飛んでいく。

「処理終了。後はシュカさんにお任せします」

レインはスコープから顔を離すと、手筈《てはず》通りに屋上へとやってきたシュカに向かって言う。

「何言ってるのよ。あなたも来るのよ」

にべもなく言い返される。

レインは、あまり表情豊かとは言えないその顔を、確かな恐怖に引きつらせつつ、シュカの顔をうかがう。

シュカはというと、まっすぐに横転して止まったワンボックスを睨み付けている。

「マジですか……。正直、気が進まないんですけど……」

「もともと貴女が言い出したことでしょう」

「まあ、そうですが……、そうなんですが……」

「さあ行くよ。このままじゃ逃げられる」

シュカは、ブツブツとしつこく締まらないことを呟くレインを、問答無用とばかりに鉄鎖で巻き取る。

レインが、どこか遠くでキンと金属音が鳴るのを聞いた時。彼女の体はもう夜空の中にあった。

❖

フーリは、横転した車から必死に這い出すと、脇目も振らずに走り出した。

タイヤを狙撃された事は認識していたが、さらなる狙撃を受ける危険についてはあえて無視する。既にガソリンが漏れ出していた車は爆発する危険があったし、ライフル銃程度で致命傷を受けることはあり得ない。今は一刻も早く、戦場から離れたかった。

フーリは、付近の店舗も通り抜けに利用しつつ、あえてシブヤ駅を目指した。フラッグゲームが開始してからまだ数分しか経っていない。今ならまだ、中心市街には大勢の一般市民が残っている筈《はず》だった。

Dゲームの隠蔽効果で催眠された一般市民は、概ね戦場となるエリアを回避する行動を取る。基本的には自宅への帰還を目指し、それが困難ならば、どこか屋内にてゲームが終わるまでただ待機する。

フーリは、道中入り込んだ百貨店で服や靴などを調達し、再び異能《シギル》で姿を変えると、そのまま、駅へと向かう催眠状態の一団に紛れこんだ。

Dゲームにおいて、一般人への攻撃を明確に禁止する規約はない。ただ、『ダーウィンズゲームを公にしてはならない』という規約に抵触する可能性はあり、一般人への攻撃禁止は一種の不文律にはなっていた。この不文律を守るようなプレイヤーばかりではないが、フーリの見立てでは、サンセットレーベンズ――ひいては須藤《スドウ》カナメというリーダーは守るタイプだ。

ただ黙々と歩く意思を失った人の群れ。そこへ完全に同化したフーリは駅を目指す。

参加プレイヤーが限定されるイベント戦と異なり、個人戦やフラッグゲームでは、駅の封鎖は行われない為、電車での脱出は可能だ。駅周辺は群衆でごった返しているだろうが、それは望むところだった。群衆を盾にして脱出を図る。

今回の敗北は手痛いが、これまでに蓄えた莫大なポイントがあれば、いくらでも立て直しは可能だ。

フーリは、再起を誓いつつ、今度の敗北について思考をめぐらせていた。

なぜ、自分は敗北したのか。どこで何を誤ったのか？

サンセットレーベンズの持つ戦力を過小評価していた。それが第一である事は間違いない。因縁のある鎖使いの少女――シュカこそ警戒していたが、情報の少ない雪蘭《シュエラン》に対する警戒が不足していた。

そして、須藤《スドウ》カナメというリーダーの果断としか言いようのない、思い切りの良い指揮。まさか、全ての拠点を捨てて、フーリ一人を獲りに来るとは想像もしなかった。

ああいう思い切りの良い指揮官に率いられた精鋭部隊は、たとえ少数であっても驚くべき戦果を上げることがある。フーリは、かつて従軍してた頃の事を思い出していた。

それはフーリがまだフーリではなかった頃の古い記憶。とっくに忘れ去ったと思っていた思い出だった。

一度甦ると記憶は記憶を呼び、追憶は止まらない。

ふと、全てが馬鹿馬鹿しくなる。

そもそも、なぜ自分は、ダーウィンズゲームなどに熱中していたのか？

金《ポイント》ならば既に使い切れないほどにある。

異能《シギル》の恩恵で、老化すらも超越した。

下らない陣取りゲームで、命を危険にさらす理由などどこにある？

そこまで考えて気づく。

ゲームマスターだ。ゲームマスターを名乗る、このゲームの運営者から来た一通のメールから全てが狂っていった気がする。

自然にさりげなく、だが意図的に、自分は誘導されていた気がする。

より異能《シギル》へ依存し、ダーウィンズゲームに耽溺《たんでき》する方向へと。

今の自分は、酷く歪まされた、別の何かに成り果ててしまっているのではないか？

フーリは、人々の行列に交じって歩きながら、かつて過酷な戦地で、同じように行軍していた記憶を思い出していた。

あの時の自分は、やりたくもない戦いに臨んでいたのではなかったか。

そういえば、戦友《せんゆう》達とはよく、戦争が終わったら何をしたいかを話し合っていた。

フーリは愕然とする。

今はもういない、あの戦友達の顔も鮮明に思い出せるというのに——

自分がその時どんな顔で、どんな名で呼ばれていたかも思い出せない。


その瞬間、フーリの右肩に激痛が走る。

肩へと刺さった鉄鎖は、天へと伸びて、宙を舞う二人の少女へと繋がっていた。

❖

「ちょっと、シュカさん！　怖い！　怖いんですけども⁉」

レインの周囲をはばからぬ絶叫を、シュカは無体にも無視した。

鎖で結ばれているとはいえ、どうしようもない恐怖から、レインは必死でシュカの

腰の辺りにしがみついた。

視界を、信じがたい勢いでシブヤの夜景が流れていく。グンと身体に絡まった鉄鎖から抗力が加わり、反転上昇する。強烈な斜め方向のGにより脳の血流が瞬間的に不足し、危うく意識を手放しそうになる。

うん、これはうかつに口を開けていたら舌をかみ切るなと、レインは悟り抗弁の一切を諦めた。

姿を自在に変えるフーリを追跡するには、このやり方しかない。そうシュカへ提案したのはレインだ。つまりは、自業自得だった。

大人しく、シュカの腰へ回した両腕に力を込める。かなり恥ずかしい体勢な気がするが、先ほど絶叫した事で、レインはもう開き直っていた。

二人の身体が、高層ビルを飛び越す。もう周りに遮る物は何もない。

眼下に、シブヤの夜景が広がっていた。

その瞬間、レインの身体を縛っていた一切の力が消える。重力と空へと駆ける力が、つかの間拮抗し、零《ゼロ》になったのだ。

レインの眼下に、街の灯りが流れていく。

見上げると、視界を遮る物は何もない。澄み切った夜空には、わずかではあるが星も見えた。

ああ、そうか。これがシュカの——無敗の女王が見ている世界なのか。

重力から解放された自由な世界。猥雑な下界と隔絶した、遮る物の無い世界。

ただし、酷く孤独な、孤高の世界。

レインは、たまさか連れ出され、つかの間、のぞき見ているに過ぎない。

そう思うと、今は近くにあるシュカの横顔が、とても遠い物であるかのように感じる。

「レイン。フーリが見えない。どっちに逃げたと思う？」

シュカの声に、我に返った。

しばし、考える。

「恐らく駅方向です。私がフーリなら人混みに紛れます」

均衡が破れて、重力が戻ってくる。

シュカは落下しながら、駅方向へと流れるようにターンした。

「すいません、吐きそうです……」

「我慢して」

一蹴された。

もはや、レインの三半規管は限界を通り越している。

せめてもの抵抗として、恨みがましい日でシュカを睨もうとするが、近くを見つめると益々酔う事に気づいて、そのわずかな抵抗も諦めた。

「見つけた……！」

シュカが呟く。

レインも見ると、駅方向へと歩く一般人達《ノンプレイヤー》がいた。ざっと百人以上いる。

「レイン、敵はどこ？」

シュカが、群衆を睥睨《へいげい》し傲然《ごうぜん》と言い放った。

そうだ。私はその為にここに来たのだ。失神と嘔吐に耐えながら、夜空へと連れ出してもらったのだ。

ひととき、この孤独な女王の比翼であらんとして。


（世界関数《ラプラス》……！）


五感が拡張され、思考が加速する。

レインは、ビルの谷間で渦巻く、複雑な空気の流れを感じた。

シュカの呼吸と筋肉のしなりから、その思考と感情が伝わってくる。自分の姿勢が悪いせいで、シュカの運動性に悪影響を与えていることに気づいて、重心を修正する。

眼下の群衆が、１２９の個体へと分解される。その一挙手一投足が、神経と筋肉と骨格が織りなす協調動作へと還元される。

まるで微粒子の一粒一粒すら、感覚出来ているかのような解像感覚。

彼女《レイン》だけの世界。

１２９に混じった異物を見つけ出すことなど、呼吸するよりも容易かった。

ああ、あの心臓を二つ持ち、脳を三つに分けて下腹部と両胸に抱えている不格好な生き物は、まさか人間のフリをしているつもりなのだろうか？

レインは、すっと指で指し示しつつ、呟いた。

「身長１７２cm、体重75kg。黒スーツを着た男がフーリです」

シュカは、返事はしなかった。

ただ、黒い雷のように、鉄鎖を天から投げ落とした。

❖

「グオオオオオ……！」

フーリが、肩に突き刺さった鉄鎖の先端を引き抜こうと掴んだ。

しかし、鎖は既にフーリの首へと絡まり、彼を容赦なく群衆の中から引きずり出す。その時の衝撃でそのまま首の骨がへし折れた。

そのままフーリは、まるで一本釣りのように、宙へと放り上げられる。シュカが、ビル屋上の手すりを滑車代わりに、シュカとレイン、二人分の体重をも利用してフーリを吊り上げたのだ。

（なぜ、俺の位置が分かった⁉）

群衆に大まかな当たりを付けての無差別攻撃ならまだ理解出来る。だが彼女達は迷いすらしなかった。

フーリは先ほどまで群衆に完璧に同化していた筈《はず》だ。

顔も、体躯も、服も、全てを変えた。表情も、動作も、周囲に完璧に合わせた。分かるはずなどなかった。

ふと、フーリを拘束していた鎖が解ける。

フーリは、慌てて折れた首の骨をつないで、失われていた視聴覚を再生した。

（何が起きた……！　今、俺の身体はどうなっている……⁉）

視界が横方向へ激しく回転している。

なんとか回転を止めようと、手足を必死に伸ばすが、何も掴むことは出来ない。

回転する視界に耐えて、それでもなんとか状況を把握しようとする。

気づいて戦慄した。

フーリの身体は今、空にあった。

立ち並ぶ高層ビルが全て眼下にあった。遙《はる》か下に、駅前のスクランブル交差点が見える。

何も掴む事が出来ないのも道理だった。

（１００ｍ……いや１５０ｍ以上ある……！）

この高度から、地面に叩き付けられた骨と肉がどうなるかなど、フーリですら考えたくもなかった。

とにかく、姿勢を制御するのだ。フーリは、必死に思考を回転させた。

自身の腕を翼状に変化させることを思いつく。試みた事が無いので、上手くいくとは思えなかったが、他に手はない。

フーリが、その思いつきを実行に移そうと、精神集中を試みた瞬間だった。

一瞬で意識を寸断される。

打ち上げたフーリを下から追いかけるように飛翔してきたシュカがワイヤーアンカーを投じたのだ。アンカーは、正確にフーリの両胸に作った神経節を撃ち抜いていた。

異能《シギル》による正確な制御を失った両腕が、意味を持たないただの肉塊になり果てる。

フーリは腹中にある脳髄だけで、なんとか意識を再起動した。

つかの間無重力になる。上昇への力が、重力に負け、全てが反転する前の刹那の時間。

彼にとっての死神が、すぐ目の前にいた。

フーリが、まるで命乞いするように顔を少女の父親のものに変えたのは、ほとんど無意識だった。

「シュカ。助け――」

傍《かたわ》らのレインが、シュカに何事かささやいた。

三分割されていたフーリの脳髄、その最後の位置。

「ありがとうフーリ。最後にもう一度パパの顔を見せてくれて――」

シュカは、まるで天使のように微笑むと、

「これで確信を持って殺せる」

鉄鎖をフーリの腹中に撃ち込んだ。


フーリの意識は完全に途切れ、異能《シギル》が消失していく。

その肉体は、干《ひ》涸《から》び萎《しな》びて、元の老人の姿へと戻っていく。

全てを平等に縛り付ける重力が、その老人を大地へと呼び込んでいく。

フーリがその不死性から、それでも意識を再起動したのは、アスファルトへ叩き付けられる数瞬前だった。

シュカによって初速を与えられた上、無慈悲な重力によってさらに加速されたその身体は、既に致命的な速度にまで達している。

フーリの加速した思考は、まるで気まぐれのように、消え失せていた記憶の断片を拾い上げ

た。

（そうだ俺は！　俺の名は――）

そして、その意識は永遠に消失した。

❖

シュカは、慎重に速度を殺しながら、大地を目指した。

ある時は振り子のように落下速度をそのまま上昇速度へと変換し、またある時は鎖の摩擦で運動エネルギーを熱エネルギーへと変換する。

それは、レインから見ても、一切無駄を感じない美しいエネルギーの連環だった。

キンと、信号機に絡まった鎖がほどける音を最後に、シュカとレインは駅前のスクランブル交差点へと降り立った。

レインは、思わずアスファルトの地面に座り込む。

ああ、地面だ。決して揺らがない我が安息の大地だ。いや、時々は揺れるけれども。

「どうしたのよ、へたり込んで」

「腰が抜けました」

普段は、人混みでごった返しているこの交差点も、今はシュカとレインの二人しかいなかった。

さきほど、フーリが紛れていた群衆は、付近での戦闘発生を察知して建物内に避難したらしい。催眠された一般人《ノンプレイヤー》達は、そういう戦闘回避行動を取る。

シュカが、手を伸ばしたので、レインは仕方なく掴まって立ち上がった。

「ああ、吐きそうです……」

「吐くなら、隅の方でやってね」

口を押さえてシュカに寄りかかろうとしたレインから、シュカが軽やかに離れていく。

交差点に、激しいキール音を響かせリュージの操るハンヴィーが入ってきた。

停車し、中の五人が次々と降りて来る。

「終わったのか？」

カナメが、二人の方へ歩きながら言った。歩きながらも、視線は油断なく周囲へと注がれている。

「うん。全部終わったよ。あーすっきりした」

シュカが、まるで定期試験が終わった後の学生のような軽やかな笑顔とステップで、カナメの腕に抱きついた。

「死体は？ 止《とど》めはキッチリ刺したのか？」

リュージが、機関銃を構えながら周囲を見回す。

「……」

レインは黙って、交差点の中央に広がっている、赤黒く染まったスーツを指さした。

それが最後に残ったフーリの痕跡だった。

いかな不死性を誇ろうとも、タンパク質とカルシウムで出来ている以上は、時速２００km以上の速度でアスファルトに叩き付けられて原型を留める事は出来ない。

「うぐぅ……」

所在なげに立っていたスイがつられた様にそちらを見て、慌てて口を押さえて視線をそらした。

「流石にあれは死んだじゃろ。なにせ中身が全部外に出ておる」

ちょうど雪蘭《シュエラン》が、冗談だか本気だか分からないことを言った時、フーリの痕跡を覆うように光の転送格子が現れた。

「確かに終わったようですな」

士明《シーミン》が、静かに言った。

もう、その視線の先にはもう、少し大ぶりな人型アートしか存在しなかった。

「いや、まだ終わってないぞみんな。フラッグゲームは今週でケリを付けるんだ」

カナメが、クランの仲間を見回して活を入れる。

「もういい加減、統一したいもんね」

シュカが、カナメの腕にぶら下がりながら、うんざりしたように言った。

レインがスマホを確認すると18：08の表示。まだ、フラッグゲームが開始してから8分しか経過していない。


そして、サンセットレーベンズの誰一人欠けずに、今この場所にある。

奪われた全てのエリアを制圧仕返すには、十分過ぎておつりが来る。

レインは、さきほどから限界を訴え続けている胃のあたりを押さえた。

これなら、自分一人ぐらい先に休んでも良いのではないだろうか？

「おーい、レイン。とっとと行くぞ。早く乗れ」

さっさと運転席に乗り込んだリュージが、お構いなしにそう言ってくる。

「はぁ……、行きます、行きますから、そう急かさないでください……」

レインは、ため息をついて夜空を見上げた。

最近、ため息が増えた気がする。

四角い夜空の中には、東京の街灯りに負けず、一つだけ星が見えた。

❖

その日、サンセットレーベンズは、シブヤエリア全域を制圧し、今後はダーウィンズゲームの完全クリアを目指してのみ行動する事を、全プレイヤーへ向けて宣言した。

エピローグ

夕暮れと共に降り始めた雨は脚を強めて、フラッグゲーム開始時刻には本降りになっていた。

駅近くの高層ビル屋上に陣取っていたレインは、はぁと白い息をかじかんだ両手へと吹きかけた。

雨に濡れたレインコートの冷たい重さが不快だった。

傍《かたわ》らにガンケースはあるが、さすがに狙撃銃を構えたりはしていない。

サンセットレーベンズがシブヤ統一を終えてから、既に一ヶ月ほどが経っていた。その間に、サンセットレーベンズは周囲に存在する全クランと不可侵同盟の締結を終えている。

だから、最近は表だってフラッグゲームを仕掛けてくるクランなどまず存在しない。こうやって雨中にレインが待機しているのも、あくまで念のためでしかなかった。


スマホを確認する。

フラッグゲーム終了まで、残り20分ほどだった。まあ、この時間にまでなれば、今週も襲撃はないと考えていいだろう。

念のため、各拠点の様子もスマホで確認する。

全て異常なし。

「こちらレイン。全ポイント異常ありません」

共に待機中であるはずの相棒にコール。

『あー、（ガサッ）こっちも異常なーし（ポリポリ）』

少し間があって、相棒からの返信がヘッドセットに入る。

ノイズ、というか明らかにスナック菓子をパクつく音がうるさい。あまつさえ、バックに緊迫したＢＧＭと、芝居がかった英語のやり取りまで聞こえている。

どうやら、スマホか何かで洋物の連ドラを観ているらしい。最近スイがお薦めして回ってるゾンビアポカリプス物。何シーズンも続く長大なシリーズである。

「シュカさん。一応、即応待機中ですよ……」

レインとシュカは、あれ以来、時々コンビを組まされるようになっていた。あまり同意したくはないが、カナメ曰《いわ》く、結構バランスのいいコンビじゃん、という事だった。

今日のフラッグゲームは、レインは駅前付近、シュカはアジト屋上で即応待機というローテーションだった。だったのだが……。

『だって暇だしー（ガサッ）。暇じゃない？（ポリポリ）』

暇を持て余された女王陛下は、スナック菓子をお齧《かじ》りあそばせながら、事の本質をお突きになられる。

レインは黙り込むしかない。

くそう、確かに暇だ。だが、ゾンビアポカリプス物では、そういう危機感のない手合いが、真っ先に死ぬのだぞ。

「確かに暇ですが……」

『レインも観たら？　結構、面白いよ（ガサッ）』

この野郎。なんだか真面目にやってるこっちが馬鹿みたいじゃないかと、レインは憤慨する。

いや、ひょっとして本当に馬鹿みたいなのか？

狙撃銃を抱えて、来ない敵を待ち続けるなんて、なるほど馬鹿げているに違いない。馬鹿げた不健康さだ。

はぁとため息をついて、レインも建屋の軒下に置いた鞄の中から、タブレットとお菓子を取りだした。

対抗してやる。これは正当防衛だ。

「あー残り20分もありますよ、雨は冷たいし、敵は来ないしー」

動画アプリを起動しながら、愛好しているスナック菓子をパクつく。今日はスタンダードな明太子味である。

「ちょっとシュカさんが敵を虐めすぎたんじゃないですか？ おかげで暇すぎですよ」

ぽりぽりぽりぽりぽり。

『なんだ、レインもお菓子食べてるじゃん（ガサ）』

「行動食です」

タブレットに昨日観ていた動画の続きが再生され始める。もはや、開き直った大音量だった。

『何みてんの？ 面白い？』

「シーズン6」

『――――！ ネタバレしたら殺すから！』

（ダーウィンズゲーム「フラッグゲーム」終）

扉絵ギャラリー

SHŌNEN CHAMPION NOVELS

小《しょう》説《せつ》 ダーウィンズゲーム
~フラッグゲーム~

2020年 12月15日　初版発行

著　　者　小《しょう》説《せつ》:深《み》山《やま》秀《しゅう》(FLIPFLOPs《フリップフロップス》)
　　　　　挿《さし》絵《え》:高《たか》畑《はた》雪《ゆき》(FLIPFLOPs《フリップフロップス》)

発 行 者　石井健太朗

発 行 所　株式会社 秋田書店

〒102-8101　東京都千代田区飯田橋2-10-8
☎編集(03)3265-7361　販売(03)3264-7248
　製作(03)3265-7373
振替口座　00130-0-99353

印 刷 所　大日本印刷株式会社

ISBN978-4-253-10796-9